21

श्रेष्ठ कहानियाँ

डॉ गिरिराजशरण अग्रवाल

डायमंड बुक्स

www.diamondbook.in

प्रकाशक : डायमंड पॉकेट बुक्स (प्रा.) लि.
X-30 ओखला इंडस्ट्रियल एरिया, फेज-II
नई दिल्ली-110020
फोन : 011-40712200
ई-मेल : sales@dpb.in
वेबसाइट : www.diamondbook.in

---

21 Shreshth Kahaniyan
By : Dr. Giriraj Sharan Agrawal

कुछ बातें आपसे

यदि हमें जीवन के दर्शन करने हैं, मानव-सभ्यता की पथरीली, मटमैली और कँटीली राहों का अवलोकन करना है, यदि पसीने से भरे तन और द्वंद्वों से भरे मन की गाथा जाननी है, शहरों और कस्बों के बीच बढ़ रही दूरी तथा आदमी-आदमी के मध्य दौड़ लगा रहे अजनबीपन की खोज करनी है, पारस्परिक संबंधों और रिश्तों के बीच की गहराई नापनी है ईर्ष्या द्वेष, दंभ और अन्य मानवीय मानव प्रकृति के बीच विचरण करना है, आधुनिक समाज और राजनीति के आचरण का विहंगावलोकन करना है, तो कहानी ही एक ऐसी विधा है, जो हर स्थिति में हमारा पूरा समर्थन करती है।

हिंदी-कहानी ने अपने विकास के अनेक सोपान चढ़े हैं और आज वह विश्व-कहानी में अपनी सार्थक पहचान बना चुकी है। हिंदी-कहानी से, विशेषकर हिंदी-कहानीकारों की चुनी हुई और श्रेष्ठ कहानियों से परिचित कराने के उद्देश्य से प्रत्येक कहानीकार की इक्कीस कहानियों के प्रकाशन की यह योजना निश्चित ही महत्त्वपूर्ण है।

हिंदी के अनेक सिद्ध-प्रसिद्ध कहानीकारों की कहानियों के चयन के साथ अपनी इक्कीस कहानियों का चयन निश्चित ही रोचक है। ये कहानियाँ बिना किसी आग्रह के संकलित की गई हैं। मुझे विश्वास है कि अन्य कहानीकारों के साथ आपको यह संग्रह भी कहानी-रस का सुख प्रदान करेगा।

अब आपके और संग्रहित कहानियों के बीच व्यवधान न बनते हुए प्रस्तुत हैं-मेरी इक्कीस श्रेष्ठ कहानियाँ।

डॉ० गिरिराजशरण अग्रवाल

16 साहित्य विहार
बिजनौर (उ.प्र.)

डा० गिरिराजशरण अग्रवाल

जन्म : 14 जुलाई 1944, संभल (मुरादाबाद) उ.प्र.।

शिक्षा : एम.ए., पी-एच.डी. (हिंदी) आगरा विश्वविद्यालय।

पत्रकारिता : प्रधान संपादक 'शोध दिशा'

संस्था-संबद्धता : सचिव हिंदी साहित्य निकेतन बिजनौर; निदेशक शोध संस्थान बिजनौर; पूर्व मंडलाध्यक्ष रोटरी अंतर्राष्ट्रीय मंडल 3100; पूर्व सचिव, काका हाथरसी हास्य पुरस्कार ट्रस्ट, हाथरस।

पुरस्कार सम्मान: उ.प्र. युवा साहित्यकार संघ द्वारा 'सरस्वतीश्री' (1982); तुलसी पीठ कासगंज द्वात 'विद्यावारिधि' (1984); विक्रमशिला हिंदी विद्यापीठ गांधीनगर द्वारा 'विद्यासागर' (1984); रोटरी अंतर्राष्ट्रीय द्वारा अनुशंसा पुरस्कार (1984); व्यंग्य कृति 'बाबू झोलानाथ' पर उ.प्र. हिंदी संस्थान लखनऊ का अनुशंसा पुरस्कार (1998); डा.रत्नलाल शर्मा स्मृति न्यास दिल्ली का श्रीमती रतन शर्मा बालसाहित्य पुरस्कार (1999) मानवाधिकार : दशा और दिशा पुस्तक पर राष्ट्रीय मानवाधिकार आयोग नई दिल्ली (भारत सरकार) का प्रथम पुरस्कार (1 व्यंग्य कृति 'राजनीति में गिरगिटवाद' पर उ.प्र. हिंदी संस्थान लखनऊ का अनुशंसा पुरस्कार (2000); 'आओ अतीत में चलें' पुस्तक पर उत्तर प्रदेश हिंदी संस्थान का सूर पुरस्कार (2001); उम्र. हिंदी संस्थान, लखनऊ द्वारा साहित्यभूषण (2008); केंद्रीय हिंदी निदेशालय (मानव संसाधन विकास मंत्रालय) नई दिल्ली द्वारा शिक्षा पुरस्कार (2008)

विधाएँ : गीत, गजल, कहानी, एकांकी, निबंध, हास्य-व्यंग्य, बालसाहित्य एवं समालोचना।

पता : 16 साहित्य विहार, बिजनौर उ.प्र. 246701

दूरभाष : 01342-263232 , 09368141411

अनुक्रम

1

एक और महाभारत

अब तक कितने स्टेशन बीत गए थे, उसे पता नहीं चला। बस जगह-जगह रुकती थी, सवारियाँ चढ़ती थीं, उतरती थीं किंतु वह सबसे अनजान मानो अपनी तंद्रा में लीन बीते दिनों की स्मृतियों समेटता हुआ, घटनाओं के विभिन्न सूत्र जड़ता जा रहा था। आगे जा रही किसी गाड़ी या ताँगे को पीछे छोड़ने अथवा पीछे से आते किसी वाहन को जगह देने के लिए जब ड्राइवर बस का पहिया सड़क से नीचे उतारता था, अथवा अचानक सामने दौड़कर सड़क पार करते किसी जानवर से बचने के लिए तेजी से ब्रेक लगाता था, तभी यह अहसास दोहराया जाता था कि वह बस में बैठा है, अन्यथा उसका शरीर ही बस में था मन तो कहीं दूर अपने घर के आसपास भटक रहा था- उस घर के आस-पास, जिसे एक सप्ताह पूर्व क्रोध और ग्लानि के आवेश में वह ऐसे छोड़ आया था, जैसे अब उस घर से उसका कोई संबंध नहीं है, वहाँ रहने वालों से उसका कोई रिश्ता नहीं है। उस क्षण उसे लगा कि सब पराए हो गए हैं, उसकी परिधि से बाहर की अनावश्यक वस्तुएँ मात्र।

वह प्रायः घर से बाहर रहता है। कई-कई दिन तक घर आना नहीं होता। उसकी नौकरी ही ऐसी है। जंगल के ठेकेदार का ऑफिस उसे ही चलाना पड़ता है। अधिकांश रातें जंगल में बीतती हैं किंतु सप्ताह में एक बार या कभी-कभी दो सप्ताह बाद वह अपने घर आता है और एक रात से अधिक वहाँ ठहर ही नहीं पाता। जब भी जाता है तो निरंतर घर और बच्चे याद आते हैं और मन करता है कि किसी प्रकार उड़कर अपनी मंजिल पर पहुँच जाए- सबसे मिलने के लिए। किंतु आज वह अजीब-सा उत्पीड़न महसूस कर रहा है। घर पहुँचने की इच्छा आज भी बहुत तेज है किंतु लग रहा है कि उसके पैरों में बड़े-बड़े पत्थर बँध गए

हैं और वह चल ही नहीं पा रहा है। पता नहीं घर ' की हालत क्या होगी? कल दीवाली है। उसका मन पश्चात्ताप की ऐसी आग में जल रहा है, जो शायद बुझाने पर भी न बुझ सकेगी। उसने शीला को कितना दुःख दिया है! क्या वह उसे कभी माफ़ कर पाएगी क्या वह उसे पहले की तरह स्वीकार कर सकेगी?

उसका मन-पाखी उड़ता रहा। उसे याद आई वह मनहूस सुबह, जब वह जुए में एक बड़ी राशि हारकर घर पहुँचा था। उस हार और रात-भर के जागरण ने उसका दिमाग लगभग खराब कर दिया था। अपनी जेब के सारे रुपयों के साथ-साथ वह साथियों से उधार लेकर भी चार सौ रुपए हार चुका था। जागने के कारण थकी लाल-लाल आँखें लिए जैसे ही वह' घर के अंदर घुसा वैसे ही शीला ने नाराजी- भरे स्वर में सवाल उछाल दिया, 'कहाँ रहे रात भर?'

वह इस सवाल के लिए बिल्कुल तैयार नहीं था, अतः झुँझलाता हुआ बोला, 'कहीं भी रहा, तुम्हें क्या मतलब? क्या तुम्हारे हर सवाल का जवाब देना जरूरी है? यह तो पूछा नहीं कि एक कप चाय भी पिओगे या नहीं, आते ही सवाल-जवाब शुरू कर दिए। जाओ और अपना काम करो। मुझे जोर की नींद आ रही है।'

शीला बड़बड़ाती रही। पता नहीं क्या कहा उसने! वह जाकर बिस्तर पर लेटा और जब उठा तो दोपहर चढ़ आई थी। हड़बड़ाकर उसने बिस्तर छोड़ा। अभी कल का उधार चुकाना था। अभी तो शीला को भी यह नहीं बताया था कि महीने का पूरा वेतन जुए की भेंट हो चुका है और उधार ऊपर से चढ़ गया है।

उसके पैर दोस्तों के बीच जाने के लिए फिर से व्याकुल होने लगे। खुजलाते हाथ बार-बार पत्ते थामने के लिए ऐसे व्यग्र हो रहे थे, जैसे सारे संसार की संपत्ति उसकी अंजुरियों में आकर एकत्र हो जाएगी।

लेकिन जुआ पैसे के बिना हो नहीं सकता और जब तक पिछला नहीं चुकाया जाएगा, नया उधार मिलने की कोई संभावना दिखाई नहीं देती। कोई-न-कोई उपाय तो करना ही होगा। 'हाँ, एक उपाय हो सकता है' ,उसने सोचा। 'नहीं, नहीं, कैसे कर सकता है वह ऐसा? "कर क्यों नहीं सकते दूसरे मन ने समझाया 'तुम्हें ऐसा ही करना होगा। ऐसा नहीं करोगे तो रात भी खोओगे और

दोस्तों के सामने नाक भी कटाओगे।' वास्तव में उसे ऐसा ही करना चाहिए। हाँ, हाँ करना ही चाहिए। आखिर शीला के पास जो कुछ है वह भी तो उसका ही है।

मन में उमड़ते द्वंद्व को वश में करके उसने शीला को जोर से आवाज दी। वह रसोई में रोटी तैयार करने में लगी थी। उसने वहीं से कहा, 'तनिक हाथ धो लूँ अभी आई। ऐसा क्या काम आ पड़ा?'

उसने फिर से पुकारा, 'जरा जल्दी आओ।'

शीला हाथों को अपनी धोती के पल्लू से पोंछती हुई उसके सामने आकर खड़ी हो गई। चेहरे की उदासी दूर नहीं हुई थी। आँखों की चमक गायब हो चुकी थी। निरंतर रोने के कारण वे सूज गई थीं। होठों की मुस्कराहट खो गई थी। उसने क्षण-भर के लिए उसकी ओर देखा, किंतु मन के किसी कोने में बैठे दानव पर इसका कोई प्रभाव नहीं हुआ।

आते ही उसने सीधा सवाल किया 'मुझे कुछ रुपए चाहिए। तुम्हारे पास कितने रुपए हैं?'

स्तंभित-सी शीला चुपचाप खड़ी रही। शीला के मौन ने उसका क्रोध और अधिक भड़का दिया। वह चीख-सा उठा, 'बोलती क्यों नहीं हो क्या साँप सूँघ गया है?'

'रुपए तो सब खत्म हो गए है, दस-बीस पड़े होंगे, सो वे मुन्ना की किताबों के लिए रखे हैं। पिछले महीने दिला नहीं पाए थे।' शीला ने डरते हुए कहा।

उसका स्वर और भी ज्यादा कड़वा हो गया- 'क्यों पिछले महीने सात सौ रुपए दिए थे। सारे खर्च कर डाले! जल्दी बताओ बाकी रुपए कहाँ हैं?'

शीला ने भर्राए स्वर में उत्तर दिया, 'कई महीने बाद आपने पिछले महीने रुपए दिए थे। 'फिर अपने स्वर को स्थिर करती हुई बोला आखिर बच्चों का घर है, कितना खर्च हो जाता है, आप तो ख्याल रखते नहीं। जैसे-तैसे इंतजाम करती हूँ। पड़ोसियों से उधार लेकर महीना खींचती रही हूँ। इस बार आपने रुपए दिए तो पिछला कर्ज उतारा, थोड़ी चैन की साँस ली। आखिर कब तक किसका उधार रखा जा सकता है। आपने कुछ बताया नहीं। कह देते तो खर्च न करती। अब बताओ कहाँ से लाऊँ?'

उस समय उसका स्वर कितना तीखा हो गया था, इसका पता उसे नहीं चला, क्योंकि तब जुआ उसके रक्त में दौड़ रहा था, पत्ते उसकी आँखों में नाच रहे थे। जुए के खिलाड़ी उसको पुकारते प्रतीत हो रहे थे। उसकी साँस-साँस जुए के रंग में रँग रही थी और इस रंग ने उसे पागल बना दिया था। वह बौखलाए स्वर में बोला, 'तुम्हारे बाप ने मुझे कोई दौलत नहीं बख्श दी है। खर्च को रुपए मैं नहीं देता तो और कहाँ से ले आती हो? मेरे पास जितना है, उतना ही दूँगा। आमदनी से ज्यादा खर्च है, तो कहीं से डाका मारकर नहीं लाऊँगा, कहीं चोरी या राहजनी नहीं करूँगा।'

'लेकिन जुआ तो खेलोगे, जुए में सबकुछ हार जाओगे तो दोस्तों से उधार भी ले लोगे? लेकिन बच्चों की कोई चिंता नहीं करोगे? ' शीला ने तिलमिलाते हुए कहा।

'तो बच्चों के लिए तू कमाकर लाती है, गँवार, जाहिल, बदतमीज।' न जाने कितनी न देने-योग्य गालियाँ उसने शीला को दे डालीं।

वह भी लगभग चीखती हुई बोली 'तुम्हारी दीवाली तो हो ली। जुआ खेलकर तुमने अपना त्यौहार मना लिया गृहस्थी जाए भाड़ में, बच्चे जाएँ चूल्हे में। मकान अपने हाल पर आँसू बहा रहा है, चार दिन बाद दीवाली है, अभी तक सफाई-लिपाई भी नहीं हुई। बच्चों के भी कुछ अरमान हैं। उन्हें तो त्यौहार पर कुछ चाहिए। मेरी कोई चिंता नहीं। मेरे लिए आपकी ये गालियाँ ही काफ़ी हैं लेकिन गालियाँ देते समय यह भी ख्याल नहीं रख सकते कि क्या कह रहे हो? जो मुँह में आया बकना शुरू कर दिया। अश्लीलता और पागलपन की हद ही कर दी।'

'हाँ, हाँ, मैं पागल हूँ। मैं बदतमीज हूँ। यही कहना चाहती हो न! मैं तो ऐसी की गालियाँ दूँगा। तुम्हें मेरे साथ रहना हो रहो, न रहना हो तो, जहाँ मन करे वहाँ जाओ।' उसने विष-सा उगलते हुए कहा।

शीला सर्पिणी की तरह फुंकार उठी, 'तो इसी दिन के लिए मेरी डोली उठवाकर लाए थे। विवाह की वेदी पर यही प्रतिज्ञा की थी। तुम मर्द लोग सोचते क्या हो? पराए घर की लड़की से जैसा चाहे व्यवहार किया जाए और वह मूक

पशु की भांति सबकुछ सहती रहे, अपमान को मान समझकर मुस्कराती रहे। अपशब्दों को शिव की तरह कड़वा घूँट मानकर पी पाए। आखिर क्या सोचते हैं आप! पहले से नहीं जानते थे कि पत्नी के आने पर उत्तरदायित्व बढ़ जाएँगे? आप कौन-सी जिम्मेदारी पूरी करते हैं-सिवा इसके कि महीने दो महीने में कुछ रुपए मेरे हाथ पर रख देते हैं और महीने- भर के लिए निश्चित हो जाते हैं। क्या आपने कभी बीमारी में भी मेरे पास बैठकर प्यार के दो शब्द कहे? मैं तो उनके लिए भी तरसती रही। अपना मतलब हुआ तो कुछ भी बहाने बनाते रहे अथवा शैतान की तरह अपनी प्यास बुझाकर भागते रहे- मेरे मन पर क्या बीती इसकी चिंता करने का कोई वक्त आपको कभी मिला? बच्चों की बीमारी में भी तीमारदारी मैं ही करूँ और अपनी बीमारी में भी दवा मैं ही लाऊँ। यह कहाँ का इंसाफ है? खुद तो आठ-दस दिन में मेहमान की तरह आते हैं और स्वागत-सत्कार करवाकर वापिस चले जाते हैं। फिर मैं ही रह जाती हूँ इस गृहस्थी की चक्की में पिसने के लिए।'

आवेश में शीला के नथुने फूल गए थे। शीला की जली-कटी बातों को सुनकर उसका क्रोध सातवें आसमान को पार कर गया। उसने शीला का हाथ पकड़कर जोर का एक झटका दिया। वह चीत्कार करती हुई दरवाजे से टकराई और उसके माथे से गाढ़े खून की धार निकल पड़ी।

शीला सिसक रही थी और वह गंदी गालियाँ दे रहा था, 'मुझे व्यवहार करना सिखाती है। पति न हुआ तेरा नौकर हो गया मैं।'

वह गालियाँ बकता जाता था और शीला के गहनों को ढूंढ़ता जाता था। कंगन और कर्णफूल ही उसके हाथ लग पाए। उसने मन में सोचा कि आज रात के लिए काफी हैं। तभी शीला ने अपना मंगलसूत्र उतारकर उसके हाथ में थमा दिया- 'लो, इसे भी लेते जाओ, बस यही बाकी बचा है।'

'हाँ, हाँ ला। इसे देकर मुझे डराती है। तेरे इन आंसुओं का मेरे ऊपर कोई असर नहीं है, मैं जा रहा हूँ। मेरा इंतजार मत करना।'

उसके पैरों में गजब की फुर्ती भर गई थी। मानो जुआ ही उसके लिए सर्वस्व बन चुका था। वह आवेश और तनावपूर्ण स्थिति में अड्डे पर पहुँचा तो खेल

जोर-शोर से चल रहा था। पता नहीं उसने कैसे सोच लिया कि जीत आज उसकी ही होगी और इसी उन्माद में उसने अपनी सारी पूँजी दाँव पर लगा दी।

घर से आते समय उसने सोचा था कि खुशी के काफिले उसके घर के करीब से निकलकर जानेवाले हैं, किंतु उसे आंधियों के सफर का पता नहीं था।

अब उसे होश आया। वह घबराया। जीतनेवाले ने अट्टहास करते हुए उसकी ओर देखा। उसकी निगाहें नीची हो गईं। उसे लगा कि शकुनि ने एक और चाल चली और समय का युधिष्ठिर सबकुछ हार गया। उसकी आंखों के आगे शीला का नंगा शरीर नाचने लगा। अपनी द्रौपदी के लिए वह स्वयं दु:शासन बन गया था। महाभारत की द्रौपदी की गुहार पर तो कृष्ण ने आकर चीर बढ़ाया था, अब कौन-सा कृष्ण आएगा उसे उबारने के लिए उसकी रक्षा के लिए।

अजीब भय और दहशत से वह काँपने लगा।

वह हार चुका था। उसका मन हार गया था। भौतिक पदार्थों की हार को जीत में बदला जा सकता है किंतु आत्मा के हार जाने की व्यथा अकथनीय होती है। वह लज्जा और ग्लानि के अथाह समुद्र में गोते लगा रहा था। उसके पैर घर की ओर न बढ़ पाए। अपने काम पर वापिस आ गया वह, सबकुछ भूल जाने के लिए, सारे अहसानों को भुला देने के लिए, भाग्य से समझौता करने के लिए।

किंतु अतीत को भुलाने की वह जितनी कोशिश करता घटनाएँ उतनी ही अधिक स्पष्ट हो उठतीं। आँखें बंद करता तो सारे दृश्य काले पर्दे पर नाचने लगते। वह समझता था कि भागने पर सबकुछ पीछे छूट जाएगा किंतु उसके दानव जैसे पाप और अधिक विशाल होकर उसका रास्ता रोकने लगे।

उसके हृदय में एक ऐसा महाभारत मचा था जिसने उसके अंग-अंग को जर्जर कर दिया था। उसे अनुभव हुआ कि घर के किसी कोने में देर तक रोकर ही वह अपने मन को हलका कर सकता है; और इसी अहसास को लिए उसके पैर विवश होकर घर की ओर बढ़ चले थे।

अचानक जोर का झटका लगा। उसने महसूस किया कि उसका सिर किसी चीज से टकरा गया है। पास बैठे सज्जन उसे निरीह भाव से देख रहे थे।

* * *

2

धुआं बनती जिंदगी

वह बीस किलोमीटर साइकिल चलाकर आता था।

एक दिन जब मैंने उसे बुरी तरह झिड़क दिया था तो वह असहाय भाव से मेरी ओर देखता रहा था। उसकी आँखों से लगता था कि वहाँ सागर उमड़ आया है। उसके गाल, शाम के मटमैले बादलों जैसे हो गए थे।

आज पहली बार मैंने उसके चेहरे को पढ़ने का प्रयास किया था। समय के ऊँचे-नीचे बहाव के अनेक चिह्न वहाँ फैले हुए थे। सूखी रेत की सरिता में पड़ी लहरों की भांति कई लकीरें उसके माथे पर खिंची हुई थीं।

मैंने उससे बैठ जाने के लिए कहा था किंतु वह ऐसे खड़ा था जैसे उसने मेरी बात सुनी न हो अथवा वह कुछ कहना चाहता था, किंतु शब्दों के जंगल में से वह सही शब्दों की पहचान नहीं कर पा रहा था। वह अभी भी खड़ा था।

-क्यों बैठते क्यों नहीं?

-सर!

-क्या बात है? अब तक खड़े क्यों हो?

-सर! आप मुझसे नाराज तो नहीं हैं!

-ओह! यह बात है!

उसकी अधखुली झुकी आँखों से टपकते दो आंसू उसके खुरदरे चेहरे पर आकर ठहर गए थे जिन्हें अधिक देर तक रोके रखने में असमर्थ पाकर उसने

अपनी अँगुलियों को गाल पर इस तरह फिराया जैसे कोई बिखरे हुए चावल के दानों को समेट रहा हो।

'अरे नहीं भई। तुम भी अजीब लड़के हो।' मैंने उससे कहा। वह फिर मौन खड़ा रहा। अब तक मेरे अंदर कुछ पिघलने लगा था। एक जलती हुई मोमबत्ती यदि सोच पाती तो क्षण-क्षण जलते-पिघलते मोम और अंततः समाप्त हो जाने का अहसास जरूर उसके मन में आता। क्योंकि मैं मोमबत्ती नहीं था, जो अपनी जलन से पिघलती है। मैं जीवित इंसान था, जिसे सोचने-विचारने का अधिकार था और उस सोच से पिघलने का भी।

क्या मैंने कुछ ऐसा कहा था, जो बहुत नुकीला था, जो बहुत सख्त था और जो मेरी सामान्य प्रकृति से भिन्न था। आज मैं उस सबको सोचता हूँ तो गंध का एक ऐसा सिलसिला मुझे अवश्य दिखाई देता है, जो असह्य था और जिसकी तीव्रता में मस्तिष्क की नसें फट सकती थीं।

मैंने उसे समझाने का प्रयास किया था, दिलासा भी दिया था और मेरे शब्दों की भीड़ में से उसने कुछ शब्द अवश्य पहचान लिए थे। शायद इसी कारण वह मौन भाव से बैठ गया था।

दूसरे दिन वह अप्रत्याशित रूप से मेरे सामने खड़ा था। विभागीय कक्ष में अकेला मैं कुछ कागजों में खोया हुआ था। अचानक निगाह उठी तो उसे कुछ कहने की जिज्ञासा में खड़े पाया। उसकी आँखों में कल जैसी उदासी तो नहीं थी। ऐसा हलका प्रकाश उनमें से झाँकता हुआ महसूस हुआ, जैसे कि सूरज निकलने से पहले क्षितिज के इर्द-गिर्द छा जाता है।

उसने शांत भाव से एक कागज मेरे सामने रख दिया। मैंने एक बार उसे और फिर कागज को देखा।

'क्या है?' मेरा अहम शायद फिर जाग गया था।

'सर!' वह फिर से कुछ न कह सका।

'तुम? तुम तो बहुत कम आते हो क्लास में!' मेरा अध्यापकीय संस्कार बोल उठा।

'जी सर!'

'तो फिर!'

'सर! मेरा फार्म जाना जरूरी है।' वह एक ही साँस में पूरा वाक्य कह गया।

'और हस्ताक्षर न करूँ तो?'

'सर! मैं आपको कैसे समझाऊँ? यदि आपके हस्ताक्षर नहीं हुए तो कैसे कर पाऊँगा?'

मैंने पहली बार अनुभव किया कि उसके पास शब्द हैं और वह उनका प्रयोग करना जानता है।

'आज आखिरी तारीख है सर! और वजीफा न मिला तो मैं..'

वह फिर अटक गया। शायद वह पूरी तरह उघड़ जाने में संकोच कर रहा था। उसने स्वयं को स्थिर किया और बोला- ' सर! मैंने अभी तक अपनी किताबें भी नहीं खरीदी हैं।'

मैंने उसे ऊपर से नीचे तक देखा। विभाग के एकांत कोने तक मुश्किल से पहुँचती हुई उसकी आवाज मुझे अंदर तक कुरेद गई। मैंने उसे बैठ जाने के लिए कहा। वह बैठ गया। सहानुभूति की कौन-सी लहर मुझे भिगो गई थी कि मैं उसकी सारी विवशता को सुनने के लिए व्याकुल हो उठा था।

कितने रुककर बीते थे वे क्षण। उसे ऐसा लगा कि उसकी ठंडी साँसों में किसी ने ऊर्जा भर दी है अथवा अँधेरे में भटकती आंखों के सामने अचानक तेज रोशनी चमक उठी हो और वह क्षणभर के लिए चकाचौंध से भर गया हो। अपने को व्यक्त करने की प्रत्याशा में उसके अधरों में धड़कन हुई और यह अहसास तब तक बना रहा, जब तक कि वह बिल्कुल खाली नहीं हो गया। खाली होकर भी वह लबालब भर गया था और उसकी बातों के घनत्व को लिए हुए मैं पूरी तरह रिक्त हो चुका था।

उसने बताया था कि उसका गाँव अभी भी रूढ़िवादी परंपराओं का जीता-जागता उदाहरण है। मुख्य गाँव से दो फर्लांग की दूरी पर फूस की झोपड़ियों का एक टोला है। सभी लोग बड़े किसानों के खेतों पर काम करते हैं, उनके जानवरों की सेवा-टहल करते हैं और बदले में उन्हें इतना भी नहीं मिल पाता है कि अपनी- अपनी गहस्थी का पेट भर सकें।

उनके खाली पेट और कुलबुलाती आँतों की चिंता करने वाला गाँव में कहाँ से आए? पानी के लिए कोई कुआँ तक भी तो उनके टोले में नहीं है। तालाब का पानी पीते-पीते सबके पेट कीड़ों और केंचुओं से भर गए हैं। अभी पिछले दिनों एक कर्मठ जिला अधिकारी ने अचानक उनकी पीड़ा को समझा था और अब ब्लाक की ओर से एक नल की व्यवस्था उनके गाँव में कर दी गई है, किंतु वह नल भी उनके टोले में लड़ाई का एक बहाना बन गया है। टोले की अनपढ़ महिलाएं पानी भरने के इंतजार में जब कभी धोखे से अपना बर्तन आगे कर देती हैं, तो वह पानी उनके लिए आग बन जाता है। कल तक साथ-साथ घड़ा उठाए पानी भरनेवाली औरतें अब एक-दूसरे पर मुंह फुलाए रहती हैं।

पूरे टोले में वही अकेला स्कूल जाने की हिम्मत कर पाया था। स्कूल आते-आते जब वह औरतों के इस झगड़े को देखता, तो उसका मन कैसा-कैसा हो जाता, वह शब्द नहीं जुटा पाता था। टोले की उन प्रौढ़-युवा औरतों के अधनंगे बदन और चीखती आवाजों के बीच उसे अपना चेहरा भी नजर आता था और वह बेजान कदमों से आगे बढ़ जाने में ही बेहतरी समझता था। किंतु एक बार बुधुआ की बुआ और उसकी मौसी के बीच जो संग्राम हुआ था, उसकी याद करके उसके रोंगटे खड़े हो जाते हैं। औरतों की इस लड़ाई में आदमियों ने भी लाठियाँ निकाल ली थीं। जमकर बजी थीं लाठियाँ और दोनों ओर के लोगों के सिर फूटे थे-केवल पानी के लिए, पानी जो जीवन है और उसी जीवन को प्राप्त करने के लिए लोग अपने जीवन की बाजी लगाने को तैयार थे।

उस रात वह सो नहीं सका था। बिस्तर पर करवटें बदलते हुए उसने सोचा था-शायद हम इसीलिए आगे नहीं बढ़ पाते हमारी गरीबी और विवशता हमें एक-जुट नहीं होने देती। यह नल तो एक प्रतीक है, जो साफ-स्वस्थ पानी देने के लिए लगाया गया है। दुर्भाग्य यह है कि यही नल हमारे मन को दूषित कर रहा है। क्या इसे उखाड़ देना चाहिए। क्या इसका अस्तित्व मिट जाना चाहिए, क्या औरतें फिर से तालाब का पानी ढोने के लिए तीन मील दूर जाएँ?

क्या जरूरी है और क्या नहीं, इसी उधेड़बुन में भोर हो आई थी और वह उदास मन लिए घूमने के लिए निकल पड़ा था।

गाँव के मुहाने पर उसकी भेंट कुँवर वीरबहादुर सिंह से हुई थी। प्रणाम-जुहार करने के बाद वह चुपचाप एक ओर खड़ा हो गया था।

'कहो सूरज क्या कर रहे हो आजकल?' कुँवर साहब ने पूछा था।

'शहर के कालेज से बी०ए० करने का इरादा है।' सूरज ने कहा था।

'फिर क्या करोगे?'

'कहीं शहर में नौकरी खोलूंगा! बाबू साहब! '

'क्यों गाँव में मन नहीं लगता?'

'मन तो लगता है फिर भी यहाँ के झगड़े-झंझट देखकर मन उचाट हो जाता है, बाबू साहब! मन में बड़ी आशाएँ हैं कि किसी प्रकार कुछ बन जाऊँ और माँ-बाप को भी यहाँ के वातावरण से मुक्ति दिलाऊँ।'

और उसी शाम कुँवर साहब ने सूरज के बाप को बुला भेजा था। खेत से आते ही उसने कुँवर साहब का संदेश सुना और उलटे पैर लौट पड़ा था कुँवर साहब के हाते की ओर।

दूर से ही हाथ जोड़कर वह दरवाजे पर बैठ गया चुपचाप। अपराध-बोध क्या होता है, यह तो वह नहीं जानता था किंतु अनजाने भय का अहसास उसकी रगों में शीशे-सा पिघल रहा था।

-क्यों मधुआ! सुना है तेरा छोकरा अब शहर जाने लगा है।

-जी सरकार!

-उसे अब शहर की हवा भी लग गई है।

-क्या कह रहे हैं, हुजूर? -वह आज हमसे ही जुबान लड़ा रहा था सुबह-सुबह। कुँवर साहब ने पैंतरा बदल।

नहीं नहीं माई-बाप! सूरज ऐसा नहीं कर सकता, हुजूर।

-तो हम झूठ बोल रहे हैं क्या? अब तुम लोगों की हिम्मत इतनी बढ़ गई है कि हमें भी झूठा सिद्ध कर सको।

मधुआ रंगेहाथ पकड़े अपराधी-सा धरती को ताकता रहा। कुँवर साहब ने ही अपनी बात जारी रखी।

-मधुआ! क्यों अपने लड़के को खराब कर रहे हो! शहर की हवा लग गई तो वह किसी काम का नहीं रहेगा। तुम जानते हो, नौकरी बँट तो रही नहीं हैं। कोशिश कर-कराके चपरासी बन भी गया तो तुम्हारा क्या भला कर पाएगा?

मधुआ अब अपने को स्थिर कर चुका था। भय की जो आंधी उसके मन के रेगिस्तान को एक बार ही उड़ा देने के लिए तत्पर थी, अब रुक-सी गई थी। बैठते हुए गुबार में से उसे अपना रास्ता दिखाई देने लगा था। फिर भी जिस प्रकार झाड़ियों पर बैठी धूल और टूटे-बिखरे पत्ते आँधी के गुजर जाने का संकेत देते हैं, कुछ उसी प्रकार के चिह्न उसके चेहरे पर अभी भी विद्यमान थे। उसने आहिस्ता-आहिस्ता कहा-

-हजूर, लड़का है। गलती हो गई हो तो मुआफ कीजिएगा। मैं तो ठहरा मूरख आदमी। कहीं पढ़ा-लिखा नहीं। सोचा था कि लड़का कुछ पढ़-लिख जाएगा तो आपके बच्चों की सेवा-टहल करेगा। फिर बड़ाई आपके गाँव की ही तो होगी, हुजूर।

कुँवर साहब ने मधुआ की बात को ऐसे सुना जैसे उसका अर्थ न समझे हों। फिर भी समझाने के लहजे में बोले-

'देखो मधुआ! अपना समझकर सारी बात कह दी है। अब तुम कितना भी पढ़ा-लिखा लो पर हमारी बराबरी तो करने से रहे। सोचा था कि तुम बात समझ जाओगे पर तुम अपनी जिद पर अड़े हो तो मरो और भरो अपनी करनी का फल। '

इतना कहकर कुँवर साहब अंदर ड्योढ़ी में चले गए थे। शाम हो गई थी। सूरज डूबने ही वाला था। हलकी-हलकी बयार चल रही थी। ऐसे में भी मधुआ को पसीना आ गया। वह समझ नहीं पाया कि यह उसके भय की अभिव्यक्ति है अथवा अंदर उमड़ते तूफान की। वहाँ से जाते-जाते उसने कई फैसले किए थे।

मधुआ को लगा कि उसकी आँखों के सामने छाया घना अंधकार छँट गया है। डूबते सूरज की सारी लालिमा उसके अंदर सिमट आई है। थोड़ी देर बाद तारे चमकेंगे और वह खुले आकाश के नीचे खड़ा होकर सुख की साँस लेगा।

घर आकर उसने पहला फैसला सुनाया-अब सूरज मजदूरी करने नहीं जाएगा। वह केवल स्कूल जाएगा। मैं नहीं चाहता कि वह मेरी तरह हरवाही करे।

वह पड़ेगा और थरूर पड़ेगा भले ही मुझे अपना तन क्यों न बेच देना पड़े। वह सूरज को किसी का बँधुआ नहीं बनने देगा।

सूरज सुनता रहा था। वह केवल सुनता ही नहीं रहा था, सारी परिस्थिति पर विचार भी करता रहा था, कुँवर साहब में आखिर ऐसा क्या है कि टोले के सारे लोग उनसे काँपते हैं, एक दहशत सबके चेहरों पर चिपकी रहती है। ऐसी दहशत जो लाख पोंछने पर भी पुँछ नहीं पाती।

न जाने कितने ही युगों से ये लोग निरंतर अत्याचार की आग में जलते रहे हैं। उस अत्याचार ने ही जैसे इन्हें ऊर्जा दी है सबकुछ सहन कर लेने की, निस्पृह भाव से सेवा करते रहने की और असहाय भूखे पेट सो जाने की।

सूरज अपने भीतर विचित्र उमस का अनुभव कर रहा था, दमघोट उमस का।

अपने इतिहास के पन्नों को समेटते हुए उसने अनुभव किया कि देश विकास की कितनी मंजिलें पार कर गया है, किंतु गाँव का यह अस्पृश्य भाग उस प्रकाश से कितनी दूर है, जो बड़े-बड़े घरों के गिन में ऐसे फैला हुआ है जैसे हमारे आस-पास जंगली घास की झाड़ियाँ। व्यर्थ और अनावश्यक। गाँव में सहायता के नाम पर सरकारी हाथ पहुँचते हैं, किंतु वे भी बड़े लोगों की गलियों-चौबारों तक सीमित रह जाते हैं। यहाँ पहुँचने से पहले ही उन्हें काट दिया जाता है। वे आज भी फटेहाली की वैसी ही जिंदगी को सीने से लगाए हुए हैं, जैसी उनके पूर्वजों ने ओढ़ी हुई थी।

और उस रात उनके टोले की झोपड़ियाँ धूँ-धूँ कर जल उठीं। मौत की उदासी को अपने कंधों पर ढोते टीले के लोग इसे अपने पाप की सजा मान रहे थे और वह पाप था सूरज।

यह अभियोग न था वरन टोलेवालों के लिए एक सत्य था जिसे उद्घाटित न करते हुए भी वे स्वीकार कर रहे थे। उनका जन्म ही इसलिए हुआ है कि वे सेवा-टहल करें। जब उनके हाथ में कुछ है ही नहीं तो क्यों ऐसे सपने देखें, जिन्हें बड़े लोग देखते हैं। उन्हें तो पराई आग में भी जलना है और अपनी आग में भी। सूरज चुप था और धुआँते वातावरण में वह अपनी आशाओं को कसैला होता हुआ देख रहा था।

* * *

3

टूटा हुआ कोण

यह कहानी एक वर्ग की कथा कहती है, जिसका एक कोण टूट गया है। तीन कोण अपने द्वंद्वों को झेल रहे हैं और उस टूटे कोण के चारों ओर चक्कर काट रहे हैं, जो कभी नहीं जुड़ सकता।

मैं उसका अभागा बाप हूँ। अभी- अभी उसकी चिता की दो मुट्ठी राख गंगा को अर्पित करके आया हूँ। बार-बार अपने क्रियाकलापों को उलट-पलटकर देखता हूँ। लगता है, इस कथा का सूत्रधार मैं ही हूँ।

देखिए आप बार-बार मेरी ओर इस प्रकार न देखिए मुझे अब अपने से ही डर लगने लगा है। आपकी ये आंखें मुझे डराती-सी लग रही हैं। आप पूछे बिना न मानेंगे। मेरा मन भी मुझे धोखा दे रहा है। घर-गृहस्थी वाले अपने पैंतीस वर्षीय बेटे को इस प्रकार चले जाते देखकर क्या मुझे दुःख नहीं हुआ होगा। हुआ है, अवश्य हुआ है। दुहरा दुःख हुआ है। इसलिए भी, क्योंकि मैं इस कथा का सूत्रधार जो हूँ।

मेरा जीवन संघर्षों की अजब कहानी रहा है, किंतु उनको ढोते हुए मैंने कभी बोझ का अनुभव नहीं किया। आपको पता है, एक तो मुझे छोड़कर पहले ही चला गया इसलिए सारा प्यार-दुलार मैंने इस पर उँड़ेल दिया। इसकी किसी इच्छा को अधूरी न छोड़ता; किंतु मेरे अनजाने इसकी सोसायटी बिगड़ गई। शराब इसका नियमित भोजन बन गई और जुआ दैनिक मनोरंजन।

मैं कह चुका हूँ कि इसकी इच्छाओं को पूरा करने की भरसक कोशिश करता। बहुत बार इसको समझाया किंतु कहानी का वह अध्याय समाप्त हो चुका था, जहाँ से उसे मोड़ दिया जा सकता था। अब तो सारी घटनाएँ उसके ही हाथ

में थीं। मैं असहाय हो गया। शाम को वह मेरे पास आता और अपना कर्ज ले जाता। इतना अवश्य है, उसने अपना विश्वास कभी न खोया।

मैं चाहता था, वह सुधर जाए। अच्छे खाते-पीते परिवार की बरबादी अब मुझको काटने लगी थी। कई बार मन में आता इसका दैनिक खर्चा बद कर दूँ, फिर सोचता ऐसे काम नहीं चलेगा। यह घर का सामान बेचना शुरू कर देगा। फिर सोचता, इसका विवाह कर दूँ। शायद बहू आकर इसे सुधार ले, किंतु ऐसे नालायक को कौन अपनी बेटी देता। मैं चारों ओर से निराश हो गया। कहीं कोई रास्ता नजर नहीं आता था। हाँ, एक रास्ता हो सकता है। मेरे मन ने सुझाया। मैंने भी सोचा शायद हो सकता है। हाँ, हो क्यों नहीं सकता? और मैंने प्रयत्न प्रारंभ कर दिया।

उसी शाम जब वह अपना खर्चा लेने आया मैंने उससे बैठने को कहा। वह बैठ गया। इधर-उधर की दो-चार बातें करने के बाद मैंने जिज्ञासा प्रकट की, 'तुम अपनी गृहस्थी नहीं बसाना चाहते!'

वह जोर से हँस पड़ा और देर तक हँसता रहा। लगता था, उसे हँसने का भूत सवार हो गया है। मैं बहुत देर तक उसकी इस हरकत को देखता रहा। आखिर मैंने उसे डाँटकर कहा, 'यह क्या बदतमीजी है?'

'वह बोला, 'पापा, लगता है, आज मेरी जगह आपने पी-ली है। यह कैसी बहकी-बहकी बातें कर रहे हैं?'

सचमुच मैं सहम गया। मैंने फिर कहा, 'क्यों मेरी बात का यही जवाब है?'

वह बोला, 'पापा मुझ जैसे पियक्कड़ शराबी को कौन अपनी बेटी देगा? लगता है, आप होश में नहीं हैं?

वह ठीक ही तो कहता था। इस समय उसका साफ-सुधरा हृदय बोल रहा था।

अब अधिक चुप रहना ठीक नहीं था। मैंने अपनी बात प्रकट कर दी, 'तुम अपनी भाभी से विवाह कर लो। इस वाक्य को मैं एक साँस में कह गया। फिर

मुझको लगा कि मेरे गले में एक बड़ा-सा काँटा अटक गया है और मैं उसे निकाल नहीं पा रहा हूँ।

वह केवल इतना ही कह पाया, 'क्या-?' मानो वह मेरी बात का अर्थ न समझ पाया हो। वह वहाँ एक मिनट भी नहीं रुका। मेरी आवाज भी उसके कानों में न पड़ी।

मेरा नाम सविता है। आप मेरा परिचय पूछकर क्या करेंगे? इस सारी घटना के समुद्र में मुझ अभागिन के आँसुओं की दो बूँदों की क्या कीमत हैं? इन आँसुओं की कहानी लिखकर आप क्या करेंगे?

मेरा जन्म अत्यधिक संपन्न परिवार में हुआ। सौभाग्य से ससुराल भी ऐसी मिली, जहाँ गरीबी और कष्टों का नाम नहीं था। हृष्ट-पुष्ट शरीर के आकर्षक इंजीनियर युवक से मेरा विवाह हुआ। हम लोग छह माह साथ-साथ रहे। इस बीच वे उच्च शिक्षा के लिए जर्मनी चले गए। मेरे पास उनकी चिट्ठियों आती रहतीं। वे मुझे भी अपने पास बुलाने को उत्सुक थे। मैंने कई बार पापा से इस विषय में बात करने का अवसर ढूंढ़ा, किंतु हर बार निराशा हाथ लगी। मुझे लगता था कि पापा अपने मन में कुछ छिपाए हुए हैं, किंतु कहना नहीं चाहते।

इस बीच मैंने अपने देवर के व्यवहार में विचित्र परिवर्तन देखा। मौका मिलते ही वह मेरे पास आ बैठते बहकी-बहकी बातें करते। मैं उनका संबंध-सूत्र जोड़ने की निरंतर कोशिश करती, किंतु असमर्थ रह जाती। शराब भी अधिक पीनी शुरू कर दी थी। अकारण अपने प्रति आकर्षण का कारण नहीं मिल रहा था।

एक दिन मुझसे बोले, 'मैं कैसा लगता हूँ?'

मैं भयाक्रांत हो गई। सँभलकर बोली, 'आप अच्छे लगते हैं।' मैंने कह तो दिया पर एक सिहरन मेरे सारे शरीर में दौड़ गई। हाथ-पैर ठंडे-से पड़ गए। किसी काम के बहाने बाहर उठ आई। बाहर आकर भी मेरा मन शांत न हुआ।

एक दिन फिर बोले, 'भाभी तुम मुझे बहुत अच्छी लगती हो। तुम्हें देखकर मुझे न जाने कैसा-कैसा लगता है। जानती हो मैं तुम्हारे चेहरे पर अपनी तस्वीर पढ़ने लगा हूँ। क्यों पढ़ने लगा हूँ, मुझे स्वयं भी पता नहीं है।'

मैंने कहा, 'तुम्हें क्या हो गया है? लगता है कुछ ज्यादा पी आए हो। इस मरी शराब को छोड़ दो और अपनी घर-गृहस्थी बसाओ।'

और मुझे उत्तर मिला, 'बस यही तो मैं भी चाहता हूँ। किंतु यह शराब छूटेगी नहीं और घर-गृहस्थी बसेगी नहीं। क्यों? तुम्हारा क्या ख्याल है?'

'मेरा ख्याल!' मैं हड़बड़ा उठी। मेरा ख्याल किस विषय में? मेरा ख्याल-मेरा ख्याल।

मैं काँप उठी तो क्या-।

और वह दिन भी आ गया, जिसकी मुझे आशंका थी। मैं असहाय हो गई। मेरी कहानी मोड़ ले चुकी थी। मेरे जीवन की कहानी का पहला अध्याय समाप्त हो चुका था।

इस बीच जर्मनी से उनके पत्र आने बंद हो गए। मुझे बताया गया कि ट्रांसफर हो गए हैं। कहाँ और क्यों? का उत्तर नहीं मिला। इस सारी घटना को पापा ने भी मौन स्वीकृति प्रदान कर दी। यह तो मुझे बाद में पता चला कि उनके ही कारण यह सब हुआ।

मैं अनमने मन से समर्पण करती रही। क्यों और किसलिए के विषय में मत पूछिए। इस व्यथा-कथा को छिपाना ही बेहतर होगा। मुझे बताया गया कि जर्मनी में उनकी मृत्यु हो गई है। मेरा हृदय रुदन कर उठा, किंतु लगता था आँसू सभी सूख गए हैं। मेरी आँखें नम भी न हुईं।

अभी तक मैंने देवर को पति रूप में स्वीकार नहीं किया था। नहीं कर सकी थी। विचित्र मानसिक द्वंद्व में मेरा जीवन बीत ही रहा था। अब मैंने दुबारा सोचना शुरू किया। संबंधों के सूत्र फिर से मिलाने शुरू किए। अंततः मैं ही हार गई।

मेरा नाम कपिल है। मैं आपका अधिक समय नहीं लूँगा, किंतु अपने अंतः संघर्ष की कहानी अवश्य कहूँगा।

अपने उस अभागे भाई की मौत के लिए मैं भी अपने को एक गुनहगार मानता हूँ। मैं नहीं समझता था कि जो कुछ हुआ, वह कभी हो भी सकता है। मुझे विश्वास नहीं होता कि ऐसा हो चुका है। लेकिन मेरे विश्वास न करने से होता क्या है?

उम्र में छोटा होने पर भी मैं उच्चता की ग्रंथि से ग्रस्त रहा। मुझे लगता कि इस घर में मैं ही अकेला कमानेवाला हूँ। पापा अब कोई काम नहीं करते और भाई को शराब से फुर्सत नहीं है। इस पर भी मुझे अहसास होता कि पापा उन्हें ही अधिक प्यार करते हैं। हो सकता है, यह मेरा भ्रम हो। यह भी हो सकता है कि घर की इज्जत बचाए रखने के लिए वे ऐसा करते हों परिणामतः मेरा अहम मेरी सहनशक्ति को समाप्त कर देता। मैं पागल-सा हो जाता। जब वह पीकर अपनी मस्ती में घर में घुसते, मैं अपनी घृणा प्रकट किए न रहता। कई बार मैंने स्वयं उन्हें पीटा, नौकरों से भी पिटवाया किंतु मेरे अहम की तुष्टि न हुई। मुझे बार-बार लगता था कि पापा उन पर बहुत अधिक विश्वास करते हैं। वे भी पापा के सामने बिल्ली बन जाते थे।

शराब पीकर व्यक्ति को पागल बनते हुए बहुत बार देखा था, किंतु अपने हृदय की टीस अभिव्यक्त करते हुए मैंने उन्हें ही पाया। कितनी ही बार उन्होंने अपने जीवन के प्रति निराशा व्यक्त की थी। यह भी कहा था 'यह कोई जीवन है कि छोटा भाई भी हाथ उठाता है और नौकरों से भी पिटवाता है।'

इन बातों से मेरा हिंस्र पशु और अधिक चैतन्य हो जाता। मैं कह चुका हूँ कि पापा और भैया का विश्वास कभी खंडित नहीं हुआ। मैं ऐसे अवसर की तलाश करता रहता। बार-बार सोचता कि इस विश्वास को ठेस पहुँचाना परम आवश्यक है।

अचानक ऐसा मौका हाथ लग गया। उस दिन का दृश्य आज भी मेरी आंखों के सामने घूम रहा है। पापा की जेब से किसी ने उनका पर्स गायब कर दिया था। संदेह स्पष्ट ही नौकरों-चाकरों पर हो सकता था। मेरे पशु ने कहा 'क्या कर रहे हो इसी अवसर की तो तुम्हें तलाश थी। क्या ऐसा काम तुम्हारा शराबी भाई नहीं कर सकता? कपिल धोखा न खाओ और अपना काम करो।'

'हाँ, हो सकता है, ऐसा भी हो सकता है। "नहीं नहीं हो सकता। कैसे हो सकता है? "हो क्यों नहीं सकता? ऐसा ही हुआ है। ' सारे घर में मेरा एक ही वाक्य सुनाई देता था, 'रुपए उसने ही चुराए हैं, पर्स उसने ही निकाला है। 'मेरा उद्देश्य पूरा हो गया था।

घर में घुसने पर प्रत्येक व्यक्ति उन्हें संदेह की दृष्टि से देख रहा था। पिताजी का रौद्र रूप उस दिन पहली बार देखा था।

मेरा पर्स गायब हो गया था, इस बात का मुझे ज्यादा दुःख नहीं था। मुझे दुःख था तो केवल इस बात का कि उसने ऐसा क्यों किया? मैं उस पर विश्वास करता हूँ। प्रतिदिन उसका कर्ज चुकाता हूँ, फिर उसने ऐसा काम क्यों किया?

मेरा क्रोध आसमान को छूने लगा। सारी चिंतन-शक्ति को क्रोध ने पी लिया। मेरा संतुलन पूरी तरह से समाप्त हो गया।

उसके आने की प्रतीक्षा में मैं देर तक जागता रहा। लगता था कि नींद ने भी उपराम ले लिया है।

आह! उसके आते ही मैंने उसके गाल पर कितनी जोर से तमाचा मारा था। मेरी इस क्रिया से वह स्तब्ध रह गया। मेरा क्रोध एकबारगी उमड़ पड़ा। जितनी गालियाँ मुझे याद थीं, सब एक साथ ही दे डालीं। वह सुनता रहा, कुछ न बोला। आखिर में उसने केवल इतना ही कहा 'पापा यह झूठ है, सरासर झूठ है। मुझ पर विश्वास कीजिए।'

उसने यह महसूस कर लिया था कि मैंने उसका विश्वास खो दिया है।

वे कमरे में आए। मेरी आंखों में भी उन्हें घृणा झाँकती हुई दिखाई दी। इस घटना से मैं बहुत अधिक उद्विग्न हो गई थी। वे हमेशा पापा के कमरे में ही सोया करते थे, किंतु उस दिन यहीं पर पलंग पर लेट गए और एक शब्द भी बोले बिना सो गए।

मुझे सारी रात नींद न आई। तरह-तरह की बातें सोचती रही। अतीत और वर्तमान के कितने ही दृश्य मेरी आंखों के आगे से निकल गए।

कई दिन तक उन्होंने शराब न पी। मैंने अनेक बार कोशिश की थी कि वे इस जहर को पीना छोड़ दें परंतु निराशा ही हाथ लगी थी। इस स्थिति से मुझे कुछ-कुछ संतोष हुआ, किंतु कहीं अवचेतन में बैठा चोर असंतुलित कर जाता।

पापा के कमरे में बैठकर रात्रि में रामायण का भी पाठ करते। दिन में खोए-खोए से रहते। प्रायः किसी से बात न करते लगता इस जीवन से विरक्ति हो गई हो। क्या यह वास्तविक परिवर्तन है! मन बार-बार पूछने को होता पर पूछने की

हिम्मत न पड़ती। तरह-तरह की शंकाएँ विचित्र चित्रों का निर्माण करती रहतीं। जितना ही उस ओर से ध्यान हटाती, लगता कैनवास और बड़ा हो गया है।

आखिर वह सब हो गया, जिसकी आशंका थी। मेरा अंतर्मन बार-बार मुझे धिक्कारता है कि तूने कोशिश नहीं की, निदान नहीं किया। शायद यह न होता शायद टल जाता।

उस दिन वे बहुत विचलित थे। सारे दिन लॉन में रहे। कभी चक्कर काटते, कभी बैठ जाते फिर उठकर खड़े हो जाते। शाम तक मन बिल्कुल शांत हो गया। मैंने तो ऐसा ही समझा।

आठ बज गए थे। उन्होंने नौकर को आदेश दिया, 'मेरा बिस्तर आज पापा के कमरे में न लगाना। मेरे ही कमरे में लगा देना।'

शंकाओं का जाल मुझे चारों ओर से लपेट चुका था। काम से निबटकर मैं उनके कमरे की ओर भागी। दरवाजा अंदर से बंद था। मैंने आवाज लगाई, 'आलोक, दरवाजा खोलो। कमरा बंद करके क्या कर रहे हो?' अंदर से फुसफुसाहट भरा स्वर आया 'अभी खोलता हूँ। एक मिनट में अभी खोलता हूँ।'

दरवाजा खुला। मेरा माथा झनझना उठा। कमरे में विचित्र प्रकार की तेज गंध फैली हुई थी।

मैं चीखी, 'तुमने कुछ पिया है? क्या पिया है?'

बदले में वे केवल बुदबुदाकर रह गए। उनका शरीर मेरी बाहों में झूल गया।

टूटा कोण नहीं जुड़ सकता। अन्य कोणों के चक्कर लगाने से क्या होता है?

* * *

4

सर्टिफिकेट

रामदीन जैसे ही बाहर आया गर्म, हवा के तेज झोंके ने उसका स्वागत किया। कई दिन की उधेड़-बुन के बाद उसने निश्चय किया कि उसे अपना दर्द अब अपने तक ही सीमित नहीं रखना चाहिए। समाज बहुत बड़ा है, किंतु दूसरों के दुःख-दर्द को देखने और समझने का अवकाश ज्यादा नहीं है उसे। इसलिए जब तक वह स्वयं नहीं बताएगा, कौन समझेगा उसकी व्यथा को और बताने पर भी लोग-बाग उसकी परेशानी को समझ लें अथवा उसकी सहायता करें, यह भी कोई जरूरी तो नहीं है।

रामदीन छोटे से खेत का काश्तकार। गाँव से तीन कोस की दूरी पर उसकी थोड़ी-सी जमीन है। सारे दिन मेहनत करने के बाद वह इतना ही पैदा कर पाता है कि अपना और अपने परिवार का पेट पाल सके। कभी किसी ने उसके चेहरे पर परेशानी की एक लकीर भी उभरती नहीं देखी। दो साल पहले उसे जिले के श्रेष्ठ कृषक का पुरस्कार मिला था। बी०डी०ओ०, कृषि अधिकारी और पटवारी जी उसके खेत पर गए थे। कृषि मेले के अवसर पर उसे एस०डी०एम० महोदय ने स्वयं अपने हाथ से माला पहनाई थी। उसका सीना गर्व से - कितना फूल गया था उस दिन। गाँव के कितने ही व्यक्ति उसे बधाई देने आए थे। दो-चार के मन में मैल भी आ गया था, किंतु रामदीन ने किसी की परवाह नहीं की। उसे एक सर्टिफिकेट भी मिला था। बड़ी सावधानी से संदूक के अंदर बंद कर दिया था उसने वह कागज। जैसे वह हजार के नोटों की कोई गड्डी हो। अनपढ़ होते हुए भी रामदीन ने उस पर लिखा न जाने क्या-क्या पढ़ लिया था। एक-एक अक्षर

टटोलकर देखा था उसने। और फिर सारी रात वह स्वप्न देखता रहा- अपने स्वागत के तालियों की गड़गड़ाहट के बधाइयों के। पता नहीं रात में कब उसे नींद आई थी और फिर दूसरी सुबह थोड़ी देर से उठा था वह।

दो साल पहले की बातें उसको ऐसी लग रही थीं मानो कल की ही बात हो। हवा के एक नए थपेड़े ने उसको चौंका दिया और वह पुनः वर्तमान में लौट आया। वर्तमान-जो बहुत वजनी हो गया है। उसे लगा कि वह बड़ी कठिनाई से इस बोझ को ढो पा रहा है, किंतु और कोई चारा भी न था। विवशता ही ऐसी थी।

पिछला डेढ़ वर्ष कितने संघर्षों की कहानी बन गया है! उसके अतिरिक्त कौन जानता है उन्हें। सूखे के कारण पिछली दो फसलें पूरी तरह बर्बाद हो गईं। उधार का बीज भी हाथ न लगा। पास के सरकारी ट्यूबवैल ने बार-बार खराब होने की कसम खा ली थी और इस पर बिजली ने तो पानी को सोने से भी महँगा कर दिया। बिना मुट्ठी गर्म किए उसे पानी कैसे मिल सकता था और जब उसकी अपनी मुट्ठी खाली थी तो दूसरे की मुट्ठी को कैसे भर सकता था वह! इसलिए उसका खेत भी खाली रह गया। तब उसने अपने कीमती सर्टिफिकेट को संदूक से निकालकर देखा था और फिर जाने क्या सोचकर उसे संदूक में ही बंद कर दिया था। एक लंबी साँस लेकर उठ खड़ा हुआ था रामदीन। सर्टिफिकेट कोई ट्यूबवैल तो नहीं है, बिजली का इंजन तो नहीं है, बीज खरीदने का हुक्मनामा भी तो नहीं है। फिर वह क्यों देखता है उसे बार-बार।

यदि वह बेकार है तो क्यों दिया गया! क्या लाभ है इसका! वह सारा ढोंग-सारा तमाशा-सारा उत्सव किसलिए था? दिखावा-मात्र अथवा छलावा-मात्र! उसके मस्तिष्क ने एक क्षण को सोचना बंद कर दिया। नहीं ऐसा कैसे हो सकता है? कैसे हो सकता है?

कुछ तो करना ही होगा- लगान अभी तक माफ नहीं हुआ है, कर्ज का भुगतान जरूरी है पाँच-पाँच का पेट पालना है। एक बार तो सोचा कि कहीं भाग जाए और इन सारी मुसीबतों से एक साथ ही छुटकारा पा जाए। लेकिन यह कायरता होगी-अपने बच्चों का तो ख्याल करना ही होगा।

बहुत-सी बातें सोचकर वह शहर की ओर चल पड़ था। उसने सोचा कि वहाँ डिप्टी साहब मिलेंगे, बी०डी०ओ० मिलेंगे, कोई न भी मिला तो अपने पटवारी जी तो जरूर मिलेंगे। कोई तो उसका दुखड़ा सुनेगा कोई-न-कोई तो उसकी मदद करेगा। बारी-बारी से सबके दया-भरे चेहरे उसकी आँखों के सामने आ गए और उसकी चाल तेज हो गई। सर्टिफिकेट को उसने सँभालकर अपनी छाती से लगा रखा था, मानो वह उसके सुख का आदेश-पत्र हो।

जब वह एस०डी०एम० के ऑफिस पहुँचा, उसके मन में बड़ा उत्साह था। उसे लग रहा था कि वह पहुँचेगा तो डिप्टी साहब उसे फौरन पहचान जाएँगे, उसकी बात सुनेंगे, उसकी सहायता करेंगे। किंतु दफ्तर के दरवाजे पर पहुँचते ही एक अज्ञात भय उसके मन पर छा गया। क्या था वह रामदीन स्वयं भी न समझ पाया। खुली हवा में साँस लेनेवाले सीधे-सादे किसान को वहाँ घुटन क्यों होने लगी, इसका विश्लेषण करने की समझ उसमें कहाँ थी? वह हाँफने लगा। जैसे ही अंदर जाने के लिए कदम बढ़ाया उसका हाथ किसी ने थाम लिया।

'ऐ, कहाँ जा रहे हो? यह भी कोई चौपाल समझ रखी है कि मुँह उठाया और अंदर चले गए। देखते नहीं कि यह किसका दफ्तर है? कहीं कुछ सलीका सीखा है या नहीं।' और भी न जाने क्या-क्या उसने कहा। रामदीन ने उस सबको जैसे सुना ही न हो।

सामने खड़े पगड़ीधारी चपरासी को देखकर रामदीन एकदम रुक गया। आँखें ऊपर उठीं, एक बार उसने मजबूती से पकड़े सर्टिफिकेट को देखा और साहस बटोरकर कहा- 'साहब से मिलना है, भाई क्या करना होगा?'

'देखते नहीं कितने लोग पहले से बैठे हैं। तुममें ऐसे कौन-से सुरखाब के पर लगे हैं जो...।'

'नहीं भाई, मैं कब कहता हूँ? पर मुझे साहब से बड़ा जरूरी काम है।'

'तो जाओ उधर जाकर बैठो, जब नंबर जाएगा, तुम्हें भी बुला लिया जाएगा।'

रामदीन क्या करता, एक ओर जाकर जमीन पर बैठ गया और अंदर जानेवालों को घूर-घूर कर देखता रहा। उसे लगा कि वह चक्रव्यूह के द्वार पर खड़ा है और इसे भेदने की कला उसने कहीं पर नहीं सीखी है।

समय बीतता रहा, भीड़ कम होती रही गर्मी बढ़ती रही। रामदीन ने देखा कि पहले से इंतजार करनेवाले ही नहीं बाद में आनेवाले भी अंदर गए और बाहर आ गए। उनमें से कई चपरासी से सटकर निकल जाते और सलाम भी पाते। रामदीन बार-बार स्थिति को समझने की चेष्टा करता किंतु हर बार असमर्थ रह जाता। अब रामदीन के चेहरे पर परेशानी के चिह्न उभरने लगे थे। कैसे जाए साहब के पास और कैसे अपनी फ़रियाद करे! बिना साहब से मिले न तो लगान माफ होगा और न सूखा सहायता कोष से मदद मिल पाएगी। पानी न मिला तो उसकी रही-सही फसल भी सूख जाएगी। कैसे कटेगा सारा साल, अभी इसी साल उसे अपनी बेटी के भी हाथ पीले करने हैं, कैसे कर पाएगा वह सबकुछ।'

इसी परेशानी में वह दो-तीन बार चपरासी के पास गया और हर बार उसकी डाँट खाकर वापिस आ गया। जितनी बार वापिस आया उतनी बार सर्टिफिकेट का मोह घटता रहा।

तभी उसने देखा कि पटवारी जी उसी ओर चले आ रहे हैं। उन्हें देखकर उसे थोड़ी-सी आशा बँधी और वह उनकी ओर दौड़ा। पटवारी जी ने रामदीन को देखा, थोड़ा मुस्कराए और बोले 'अरे रामदीन। कहो कैसे आना हुआ? कब से बैठे हो यहाँ?'

'सुबह से बैठा हूँ, पटवारी जी।' और रामदीन ने एक साँस में ही अपनी सारी कठिनाई कह दी।

'बस ठीक हो जाएगा परेशान क्यों होते हो? आओ मेरे साथ। 'पटवारी जी ने कहा।

रामदीन पटवारी जी के पीछे-पीछे चलने लगा। उसने देखा- सामने की झोपड़ियों में अपने-अपने तख्त डाले कुछ लोग किसी मशीन पर जल्दी-जल्दी उँगलियाँ चला रहे हैं। वे दोनों ऐसी ही एक झोपड़ी में पहुँचे। टाइप बाबू मजे से सिगरेट का कश ले रहा था। रामदीन को याद आया कि उसने सुबह से एक बीड़ी भी नहीं पी है।

झोपड़ी के पास पहुँचते ही टाइप बाबू ने दोनों का स्वागत किया और बोला, 'आओ चौधरी बैठो! कहिए पटवारी जी क्या लिखना है?' इतना कहकर उसने

दो कागज मशीन पर चढ़ाए। पटवारी जी ने बोलना शुरू किया। टाइप बाबू की उँगलियों मशीन पर चलने लगीं। रामदीन की जिज्ञासा-भरी आंखें सबकुछ देखती रहीं।

'तो कागज तैयार हो गया। लाओ और यहाँ अपना अँगूठा लगा दो।' यह पटवारी जी की आवाज थी। रामदीन ने बिना देखे अपना अँगूठा उनकी ओर बढ़ा दिया।

'रामदीन बाबू जी को पैसे दो। अरे सोच क्या रहे हो, दे दो दो रुपए।' पटवारी जी ने कहा।

रामदीन को झटका-सा लगा। चलते समय उसकी घरवाली ने दस रुपए का एक मुड़ा-तुड़ा नोट उसे देकर कहा था- 'शहर जा रहे हो बच्चों के लिए कुछ ले आना।' एक रुपया बारह आने तो किराए में ही लग गए हैं। धीरे-धीरे अपनी धोती की गाँठ से पैसे निकालकर उसने टाइप बाबू को थमा दिए।

अब रामदीन ने बड़ी मासूमियत से उस कागज को देखा, जिसमें उसकी व्यथा बड़े मार्मिक ढंग से लिखी गई थी। उसकी आँखों में कई प्रकार के प्रश्न पढ़े जा सकते थे, किंतु उनमें से किसी का भी उत्तर देनेवाला वहाँ कोई न था।

टाइप बाबू ने फिर से अपनी सिगरेट सुलगा ली थी। पटवारी जी बड़े ध्यान से रामदीन को देख रहे थे, जिसकी ललचाई दृष्टि धुआँ उगलती सिगरेट की ओर लगी थी। उसका हृदय भी तो कुछ इसी प्रकार जल रहा है धुआं-ही-धुआं है, वहाँ चारों ओर।

'रामदीन आओ। साहब से मिलने का समय बीता जा रहा है।' इस आवाज को सुनकर रामदीन लगभग चौंक-सा गया।

'हाँ हाँ चलिए। मैं तो भूल ही गया था।'

दोनों फिर बड़े साहब के दफ्तर तक आए। चपरासी अब भी वहीं खड़ा हुआ था। पटवारी जी ने रामदीन के कान में धीरे से कुछ कहा। रामदीन ने फिर अपनी गाँठ खोली और चपरासी की ओर अपना हाथ बड़ा दिया। अब उसमें सुरखाब के पर लग चुके थे।

सामने एक ऊँचे चबूतरे पर डिप्टी साहब कुर्सी पर बैठे थे। उनके सामने लकड़ी की भारी रैलिंग लगी थी। साहब बात करने में व्यस्त थे। रामदीन को लगा कि अभी साहब उसकी ओर देखेंगे उसे पहचानेंगे और शायद उसकी परेशानी को स्वयं पूछेंगे। फिर तो काम हुआ समझो।

आगे बढ़कर वह एक ऐसी जगह खड़ा हो गया जहाँ से साहब उसे ठीक तरह से देख सकें। ठीक दस मिनट बाद साहब की निगाह उठी। रामदीन का हृदय तेजी से धड़कने लगा, उसे लगा कि बस साहब उससे सवाल करने ही वाले हैं। जल्दी में वह यह भी भूल गया कि उसे अपनी बात कहाँ से प्रारंभ करनी है? साहब की निगाहें उठीं और वे रूखे स्वर से पटवारी जी से बोले 'कहिए, कैसे आना हुआ?' रामदीन उस समय तक पसीने से तर हो चुका था।

'हुजूर यह रामदीन आपसे कुछ निवेदन करना चाहता है। एक बार आपने-।'

साहब पटवारी जी के वाक्य को बीच में ही काटकर बोले 'हाँ-हाँ, ठीक है। इस समय हम कुछ जरूरी काम में लगे हैं। हमें फुर्सत नहीं है। तुम अपनी परेशानी लिखकर हमारे पेशकार को दे दो और एक सप्ताह बाद आकर पता कर लेना क्या फैसला हुआ?'

रामदीन एकदम चुप। पटवारी जी ने उसके कान में फिर से कुछ कहा। फिर से धोती की गाँठ खुली ओर प्रार्थना-पत्र पेशकार के हवाले कर दिया गया। इस निवेदन के साथ कि आप ही मेरे माई-बाप हैं। इसे साहब के सामने अवश्य रख दें।

डरा-डरा-सा रामदीन दफ्तर के बाहर आया। पटवारी जी को अपने दूसरे काम पर जाने की जल्दी थी। उसने रामदीन की ओर देखा और बोले, 'अच्छा रामदीन मैं चलता हूँ। मेरे लिए क्या आज्ञा है?'

रामदीन अब इस आज्ञा का अर्थ समझ गया था। उसने बचे हुए पैसे पटवारी जी की ओर बढ़ा दिए।

'यह क्या बदतमीजी है, इतने से क्या होगा? ' पटवारी जी ने नाराजी प्रकट करते हुए कहा।

‘इस बेकार के कागज के अलावा अब मेरे पास कुछ नहीं है, पटवारी जी। लो इसे अपने साथ ले जाओ। यह बेकार जोंक की तरह मेरे सीने से चिपटा पड़ा है।’

पटवारी जी ने देखा कि यह वही सर्टिफिकेट है, जो पिछली बार डिप्टी साहब ने पीठ थपथपाकर रामदीन को दिया था।

* * *

5

प्रायश्चित्त

अस्पताल के बैड पर लेटे मिर्जा अलीबेग ने मुश्किल से थोड़ा झुककर फर्श पर पड़ा हुआ अखबार उठाया। अचानक मिर्जा की निगाह सुरेंद्रसिंह के चित्र पर पड़ी। मिर्जा ने गौरव और आश्चर्य की मिली-जुली भावना से उस खबर को पढ़ा, जिसमें सुरेंद्रसिंह द्वारा उसे रक्तदान की बात कही गई थी।

तभी राउंड पर आई नर्स ने मिर्जा की जाँच की उसका बुखार नापा रक्तचाप देखा और कुछ निर्देश देकर दूसरे मरीज की ओर बढ़ गई।

इस दूसरे मरीज का नाम ही सुरेंद्रसिंह है। वही जिसका फोटो अखबार में छपा है। नर्स ने उसके बाएँ पैर की पट्टी खोली। पास खड़े वार्डबॉय से नई पट्टी ली और घाव को सावधानी से साफ करके उस पर वह नई पट्टी बाँध दी।

'देखो घाव कच्चा है। अधिक हिलना-डुलना नहीं। टीके कटने में अभी तीन - दिन लगेंगे।' नर्स ने सारी बात समझाई और तेजी से दूसरी ओर मुड़ गई।

सुरेंद्रसिंह ने अपने पट्टी-बँधे पाँव को हाथ से सहलाया और मिर्जा से पूछने लगा, 'क्यों मिर्जा तुम्हारे पेट के घाव में दर्द तो नहीं है अब।' मिर्जा ने सुरेंद्रसिंह की ओर देखा और धीमे से कहा, 'क्यों तुम तो मेरी जान लेना चाहते थे, मुझे मार डालना चाहते थे। फिर तुमने मेरी जान क्यों बचाई?'

सुरेंद्रसिंह चुप रहा। जैसे कुछ सोच रहा हो।

मिर्जा ने फिर कहा, 'वह तुम्हारा चाकू ही: तो था, जो मेरे पेट में उतरकर एक आँत को छेदता हुआ रीढ़ की हड्डी तक पहुँच गया था।'

सुरेंद्रसिंह ने धीरे से करवट ली। मिर्जा की ओर देखते हुए उसने एक-एक शब्द पर जोर देते हुए कहा, 'आदमी लम्हों में जीता है, मेरे भाई लम्हों में। कोई एक लम्हा उसे इंसानियत के शिखर पर पहुँचा देता है तो कोई दूसरा पल उसे

नीचता के दलदल में छोड़कर भाग जाता है। वह ऐसा ही पल था मिर्जा। शायद।'

इतना कहकर सुरेंद्रसिंह ने तिपाई पर रखा हुआ संतरा उठाया और छीलकर उसे बीच में आधा-आधा बाँटकर एक टुकड़ा मिर्जा की तरफ उछाल दिया- 'लो संतरा खाओ और उस पल को भूल जाओ। कभी वह लम्हा आया था, जो अब गुजर चुका है।'

'लेकिन, मुझे ताज्जुब है कि जब मेरी जान बचाने के लिए खून की जरूरत थी और मेरे ग्रुप का खून मिल ही नहीं रहा था, तो तुम अपना खून देने के लिए तैयार कैसे हो गए? दंगे के दिन क्या वह तुम नहीं थे कोई दूसरा था, जिसने चाकू घोंपकर मुझे मौत के घाट उतार देने की कोशिश की थी। जरूर वह कोई दूसरा रहा होगा। लेकिन मेरी आँखें तो धोखा नहीं खा सकतीं मेरे भाई।'

'नहीं मिर्जा! तुम्हारी आंखें धोखा नहीं खा रही हैं। उस दिन तुम्हारी हत्या की कोशिश करनेवाला भी मैं ही था और वह भी मैं ही हूँ, जिसने तुम्हारी जान बचाने के लिए अपना खून दिया है। समय-समय की बात होती है मिर्जा। उन्माद के क्षण स्थाई नहीं होते हैं।'

मिर्जा अलीबेग ने लेटे-लेटे फिर से अखबार का वही' पन्ना पलटा और जोर-जोर से पढ़ने लगा :

'दंगे के दिन सुरेंद्रसिंह नाम के जिस युवक ने अपने ही मोहल्ले के मिर्जा अलीबेग को चाकू घोंपकर मार डालने का प्रयास किया था, चंद दिन पहले उसी ने अपना रक्तदान करके उसे मौत के मुँह से बचा लिया। जब वह मिर्जा अलीबेग को चाकू मारकर भागने का प्रयास कर रहा था, तभी पुलिस की गोली से खुद भी घायल हो गया। गोली उसके पैर में लगी लेकिन हड्डी टूटने से बच गई। दोनों को घायल हालत में स्थानीय राजकीय चिकित्सालय में भर्ती कराया गया और संयोग से दोनों एक ही वार्ड में बराबर के बेड पर थे। बताया जाता है कि खून अधिक बह जाने के कारण मिर्जा अलीबेग के प्राण संकट में पड़ गए। उसके ग्रुप का खून अस्पताल में उपलब्ध नहीं था। तभी सुरेंद्रसिंह ने उसे बचाने के लिए अपना रक्त देने की पेशकश की। अब वह खतरे से बाहर है। सुरेंद्रसिंह के

इस मानवतावादी कार्य की हर तरफ प्रशंसा हो रही है। हर आदमी को इस बात पर आश्चर्य है कि जो मिर्जा के प्राणों का दुश्मन था, वही उसके लिए मसीहा कैसे बन गया।'

आखिरी वाक्य पढ़ते हुए मिर्जा की आँखें आंसुओं से भर गईं। वह रुँआसी आवाज में बोला :

'सुरेंद्र भाई, आदमी का कुछ पता नहीं कब किस रूप में सामने आ जाए! वह हमेशा विरोधी हालात में जीता है, पर बुनियादी तौर पर वह आदमी ही रहता है। कभी-कभी कोई दुर्बल लम्हा उसे हिंसा की तरफ जरूर धकेल देता है लेकिन वह इतना छोटा होता है जैसे गर्म हवा का झोंका आया और चला गया।'

'तुम ठीक कहते हो मिर्जा।' सुरेंद्र ने करवट बदलकर अपना चेहरा मिर्जा अलीबेग की तरफ कर लिया और लज्जा- भरे भाव से रुक-रुककर कहने लगा, 'अब तुम उस घटना को मत दुहराओ मिर्जा। मुझे सुनकर दुःख होता है और शर्मिंदगी का अहसास भी। कह नहीं सकता कि वह कौन-सी शक्ति थी जिसने मुझे पागलपन की तर धकेल दिया था, उस दिन!'

'हाँ सुरेंद्र भाई। तुम ठीक कहते हो। पागलपन की तरफ हम खुद नहीं जाते हैं, धकेल दिए जाते हैं।' और इस वाक्य के साथ ही मिर्जा को अपने घर के सामने हुए उस दंगल की याद आ गई जिसमें दो मुर्गे को लड़ाया गया था।

मिर्जा अलीबेग रोजाना की तरह उस दिन नाश्ते-पानी से निबटकर अपने दरवाजे के सामने इमली के पेड़ के नीचे आ बैठा था और ताजा अखबार देखने में व्यस्त था कि अचानक सुरेश और रशीद कुरैशी अपने-अपने साथियों और मुर्गे को लेकर इमली के नीचे आ खड़े हुए। पूछने पर पता चला कि आज दोनों के मुर्गे के बीच युद्ध होगा और इस युद्ध में जीतनेवाले मुर्गे को सौ रुपए दिए जाएँगे। इमली के नीचे धीरे-धीरे भीड़ इकट्ठी होने लगी। भीड़ में मोहल्ले के बूढ़े-बच्चे और जवान बहुत से लोग शामिल थे। सुरेंद्रसिंह भी उनमें था। गरीबी की हालत में उसने मुश्किल से इंटरमीडिएट की परीक्षा पास की थी, लेकिन कई वर्षों से बेरोजगार था। पिता ने मोहल्ले में एक छोटी-सी परचून की दुकान खोल रखी थी, लेकिन गुजारा मुश्किल से ही होता था।

मिर्जा को याद आया कि उस दिन भीड़ में से आवाज देकर उन्होंने सुरेंद्रसिंह को अपने पास बुलाना चाहा था और कहा था :

'यह क्या मूर्खता करने लगे हो तुम। रोकते क्यों नहीं हो इन लोगों को! भला तुम लोगों के तनिक-से शगल के लिए यह निर्दोष पंछी आपस में युद्ध क्यों करें!' लेकिन तब सुरेंद्रसिंह ने तीखा ठहाका मारकर उत्तर दिया था 'तुम चुपचाप बैठे रहो मिर्जा। नेतागिरी कहीं और जाकर चलाना। यह समाजसेवा की जगह नहीं है। आराम से बैठकर लड़ाई देखो दोनों मुर्गे की।'

यह उत्तर सुनकर मिर्जा को उस समय बहुत बुरा लगा था और वे खीज-भरे स्वर में बोल उठे थे- 'समाजसेवा मेरा कोई पेशा तो नहीं है, सुरेंद्रसिंह, जो इस तरह मुझ पर व्यंग्य कर रहे हो। मुझे मार-काट से घृणा है, चाहे वह मनुष्यों में हो या अन्य प्राणियों में।'

'अजी चुपचाप बैठो। किस चक्कर में पड़े हो तुम! आज तो आर-पार की लड़ाई होनी है यहाँ। दोनों पदों को बादाम खिलाए जा रहे हैं छह महीने से।'

'लेकिन सुरेंद्र तुम मेरी एक बात का जवाब दो। आखिर आदमी खूनखराबे में इतना मजा क्यों लेता है? क्या वह अपनी आदत से ही खूनखराबा पसंद करता है। जिस समय वह खुद नहीं लड़ता है, उस वक्त जानवरों और परिंदों को लड़ाकर खुश होता है। क्यों है ऐसा!'

'मिर्जा साहब, यह आपके सोचने की बात है, हमारी नहीं। हमें मौज-मजा कर लेने दो। तुम झंडा उठाकर गली-गली घूमो। जाओ यहाँ से।' मिर्जा ने दुखभरी दृष्टि से भीड़ की ओर देखा और दम साध लिया।

बच्चे-बूढ़े और सभी बराबर-बराबर गोल दायरे में खड़े हो गए। भीड़ के बीचों-बीच दोनों मुर्गा को छोड़ दिया गया। पहले सुरेश ने अपने पड़ते को ललकारा : 'हुश हाँ बेटे! मार दो कदम आगे चलकर।'

साथ ही रशीद कुरैशी का नारा गूँजा : 'या अली करदे भली। हुश-हुश-हुश।'

दोनों तर की टिटकारी पर परखे आपस में भिड़ गए और उछल- उछलकर एक-दूसरे को ठोंगे मार-मारकर जख्मी करने लगे। जब वे हमला करते तो उनकी

गरदन के पंख क्रोध से सीधे खड़े हो जाते और दुम तन जाती। तभी दोनों तरफ की पार्टियाँ उन्हें फिर हुशकारतीं।

'हाँ, एक झपट और हुश-हुश-मार बढ़कर एक कदम आगे को।' एक पार्टी की तरफ़ से नारा उछलता 'या अली, कर मदद' और दूसरी तरफ से आवाज आती- 'जय बजरंग बली की।'

लगातार ठोगे लगने के कारण दोनों मुर्गे की लाल केसर बुरी तरह घायल हो गई थी। रुक-रुककर गाढ़ा खून टपक रहा था किंतु लड़नेवाले पंछियों को किसी ने रोका नहीं। दोनों तरफ के जत्थे उत्तेजित थे। मानो यह लड़ाई पंछियों में नहीं, स्वयं उनकी अपनी थी।

देर तक चले इस युद्ध में सुरेश का मुर्गा थककर एक तरफ हट गया। उसकी चोंच घायल थी। गरदन के बाल खून से तर हो गए थे। तभी सुरेश के जत्थे ने शोर मचा दिया। शोर में कोई बात साफ सुनाई नहीं देती थी। केवल एक बात सुनाई दे रही थी, सिर्फ एक आवाज-

-दोनों बराबर।

-नहीं, नहीं। बराबर कैसे! चितला हार गया।

-हारा नहीं है।

फिर तू-तू मैं-मैं होने लगी। शोर बढ़ गया।

इस घटना को याद करके मिर्जा ने अपनी छाती पर पड़ा हुआ अखबार उठा लिया और सिहराने रख लिया। अपनी गरदन को सुरेंद्रसिंह की ओर मोड़कर मिर्जा बोला : 'क्यों सुरेंद्र भाई। तुम्हें वह लड़ाई याद है, मुर्गे की।'

'हाँ, मिर्जा।' सुरेंद्रसिंह ने बैड पर करवट बदलकर हामी भरी और खेद- भरे लहजे में कहने लगा :

इंसानों को भी ऐसे ही लड़ाया जाता है मिर्जा। जैसे उस दिन मुर्गे को लड़ाया गया था। आदमी खुद नहीं लड़ता उसे हुशकरा जाता है।'

'तुम ठीक कहते हो, सुरेंद्रसिंह। उन्हें चढ़ाया जाता है, लड़ाया जाता है, उन्हें।'

तभी वार्ड का दरवाजा खुला। दरवाजा खुलने की आवाज पर वे दोनों चुप हो गए। दस बज चुके थे और डाक्टर राउंड पर थे। डाक्टर एक-एक बैड पर

जाते, बीमार का हाल पूछते और दवाई लिखते हुए डाक्टर सुरेंद्रसिंह के बैड पर आ गए।

'क्यों सुरेंद्रसिंह। क्या हाल-चाल हैं?'

'हाल तो अब ठीक हैं, डाक्टर साहब पर आपने मेरे पैर से गोली निकालने के लिए जिस जगह आपरेशन किया था, वहाँ दर्द अब भी है।'

'कोई बात नहीं वह भी ठीक हो जाएगा।' डाक्टर ने परचे पर दवाई लिखी और आश्चर्य भरी दृष्टि सुरेंद्रसिंह के मुख पर डालते हुए बोला :

'तुमने भाई-चारे का एक ऊँचा आदर्श प्रस्तुत किया किया सुरेंद्र! हर तरफ तुम्हारी तारीफ हो रही है।'

'नहीं डाक्टर साहब! इस बात को लेकर कोई मेरी तारीफ करने लगता है, तो मुझे शर्म आने लगती है। मैंने तो अपने पाप का प्रायश्चित किया है, डाक्टर साहब! '

डाक्टर मुस्कराता हुआ अगले बेड की ओर बढ़ गया।

मिर्जा और सुरेंद्र की बातचीत फिर शुरू हो गई।

'हाँ, तो क्या बात हो रही थी मिर्जा।'

तुम कह रहे थे, लोग अपने आप नहीं लड़ते-भिड़ते उन्हें लड़ाया जाता है कभी किसी बात के लिए कभी-'

'हाँ मिर्जा। सच्चाई तो यही है लेकिन मैं इस सच्चाई को बहुत देर में समझ पाया।' सुरेंद्रसिंह ने अपने पट्टी बँधे घायल पैर को धीरे-धीरे बदलते हुए उत्तर दिया : 'मिर्जा यह तो तुम जानते ही हो कि मुर्गों की लडाई से सांप्रदायिक भावनाएँ तो भड़क ही गई थीं, बस चिंगारी को हवा देने की देर थी। सुरेश हार मानने को तैयार नहीं था, वह इसे पूरी बिरादरी का अपमान मानकर बदला लेने के चक्कर में था, तो रशीद कुरैशी विजय का घोषित पुरस्कार न मिलने के कारण अपनी बिरादरी के लोगों को इकट्ठा कर रहा था।'

मिर्जा ने बीच में ही बात काटकर कहा :

'सुरेश को कौन नहीं जानता और कुरैशी को भी। दोनों किसी-न-किसी सांप्रदायिक सगंठन से जुड़े हैं।'

‘लेकिन आपस की यह लड़ाई कितनी खतरनाक बन गई मिर्जा! कितने घर बरबाद हो गए, कितनी दुकानें जल गईं, कितने लोग मारे गए कितने जड़ी हुए कितने अब तक लापता हैं।’

‘पर सुरेंद्र, तुम तो दंगे के दिन आगे-आगे थे। फिर यह कैसे हुआ कि तुम मेरी जान बचाने के लिए अपना खून देने को तैयार हो गए। तुम तो मुझे मार डालना चाहते थे उस दिन!’

मिर्जा ने आश्चर्य- भरे स्वर में सुरेंद्रसिंह से पूछा और उसके उत्तर की प्रतीक्षा करने लगा।

कुछ क्षण निस्तब्धता में बीत गए।

फिर सुरेंद्रसिंह ने कहा :

‘यह मत पूछो, मिर्जा, अब यह मत पूछो, बस इतना समझ लो, जब तुम्हारी युवा बहन आँसुओं से रो रही थी, तुम्हारी माँ के आँसुओं की धार टूट नहीं पा रही थी, तुम्हारा बूढ़ा बाप निराशा के कारण मौन साधे खड़ा था, जैसे उसका यह आखिरी सहारा छिन जानेवाला हो, हर तरफ निराशा ही निराशा थी और तुम्हारे ग्रुप का खून मिल नहीं रहा था, तब एक भावना मेरे मन में उपजी, मैं उस भावना को नाम नहीं दे सकता, वह क्या थी और क्यों मेरे मन में पैदा हुई थी लेकिन वह कुछ ऐसा था, जो अपनापन उपजाता था, आत्मीयता पैदा करता था, इंसानियत जगाता था और तब मैं अपने-आपको रोक नहीं सका।

‘किस्मत ने मुझे और तुम्हें एक ही वार्ड में इसीलिए इकट्ठा किया था शायद।’

‘हाँ, मिर्जा शायद इसीलिए और फिर जीवन में कोई-न-कोई घड़ी ऐसी जरूर आती है, जो आदमी के अंदर छिपे मानवीय भावों को जगा जाती है। तुम्हारे आँसुओं में वही घड़ी छिपी हुई थी, मिर्जा।’

सुरेंद्र ने देखा कि मिर्जा भावुक हो गया था। उसके आँसू थम नहीं रहे थे। वह बार-बार अपने आँसुओं को अपने कुरते की बाँह से पोंछ रहा था।

* * *

6

जिज्ञासा

जो भी सुनता था, अस्पताल की तरफ दौड़ा चला आता था। हर एक की जुबान पर एक ही जिक्र था। कैसे हुआ कहाँ हुआ और फिर किस-किस के चोट लगी? सब लोग इमरजेंसी वार्ड की ओर दौड़ते हुए। अंदर घुसकर अथवा झाँककर देखने की धुन। डाक्टरों की भागदौड़ और लोगों के चेहरों पर आते-जाते भावों का संगम। बढ़ती हुई भीड़ और भीड़ में अपने-अपनों को हटने की सहज जिज्ञासा। पुलिस द्वारा डाँट-फटकार लेकिन उपस्थित समुदाय पर उसका कोई असर नहीं। एक-दूसरे से किए जाते सवाल और उनके अधूरे उत्तर।

'शायद बस टकरा गई।'

'यह पता चला कहाँ?'

'पेड़ से नगीना रोड पर।'

'यह पता चला किस-किस के चोट लगी है?'

'अमुक अधिक घायल हुआ है।'

'नहीं शर्मा के अधिक चोट लगी है। उसका तो सिर खील-खील हो गया है।'

'बेचारा...।'

'सुना है, खून बहुत निकल गया।'

'हाँ फौरन खून चढ़ाना जरूरी है।'

'तब तो जान खतरे में ही समझो।'

'और क्या?'

'खून तो यहाँ मिल ही जाएगा?

'नहीं मिल रहा है तभी तो।'

'क्या कहा? अस्पताल में खून नहीं है?'

'आखिर यह अस्पताल है या. ..'

'साले सारे अस्पतालों की यही हालत है।'

'पैसे दो तो सबकुछ मिल जाता है बिना दक्षिणा कोई किसी की बात नहीं पूछता।'

'अस्पताल की क्या यह तो सब जगह हो रहा है।'

'किसी की जान पर बीत रही है और इन सालों को पैसे चाहिए।'

'कौन माँग रहा है रुपए?'

'हमें नहीं पता, ये सज्जन कह रहे थे।'

'आप लोग ऐसे ही बकवास करते रहेंगे!'

'क्या कहा? हम बकवास कर रहे हैं? लो और सुनो।'

'सहानुभूति प्रकट करना भी बकवास करना लग रहा है।'

'आई एम सॉरी, आप सहानुभूति प्रकट कीजिए।'

'अरे आप तो बेकार नाराज हो गए!'

'आप अंदर से आ रहे हैं?'

'हाँ क्यों?'

'उसकी तबीयत कैसी है?'

'किसकी?'

'अरे भाई शर्मा की।'

'मुझे नहीं पता।'

'क्यों नहीं पता? फिर किसे पता है?'

'डाक्टर से पूछिए, रास्ता छोड़िए मुझे जरूरी काम है।'

'कैसा अकड़कर चल रहा है!'

'जैसे सारा काम इसे ही करना हो।'

‘वो मौत से जूझ रहा है और इन्हें अपने काम की जल्दी है।’

‘छोड़ो भाई चलो वहाँ चलकर पूछते हैं।’

‘हाँ, हाँ, आओ।’

‘क्यों, आपको पता है, खून मिल गया क्या?’

‘नहीं अभी इंतजाम नहीं हुआ।’

‘क्यों नहीं हुआ? ‘

‘यहाँ रक्त बैंक नहीं है।’

‘फिर तो कहीं से मँगाना पड़ेगा!’

‘क्यों यहाँ तो इतनी बोतलें हैं, किसी से भी मिल सकता है!’

‘कहाँ है? जल्दी बताओ।’

‘अभी लाते हैं, कहीं भी रखा हो।’

‘एक बोतल तो तुम भी हो।’

‘क्या कहा, सँभालकर बोलिए। आप मुझे बोतल बता रहे हैं।’

‘क्या खून तुम्हारे अंदर नहीं है? दे दो न जाकर।’

‘वाह साहब पूछना भी गुनाह हो गया।’

‘क्या हमारा खून फालतू है?’

‘यह भी खूब रही!’

भीड़ बढ़ती जा रही है और उतनी ही मात्रा में सवाल भी। हर जवाब एक सवाल बनकर सामने आ जाता है। सबको यह जानने की चिंता है कि आखिर शर्मा की हालत कैसी है? पर इस चिंता ने सवाल ही पैदा किए हैं। जवाब के लिए सब एक-दूसरे की तरफ देख रहे हैं।

‘आपमें से किसी का खून बी ग्रुप का है।’

‘हमें तो नहीं पता।’

‘यह किसलिए पूछ रहा है?’

‘उसी शर्मा के लिए।’

'देखिए मरीज का खून बहुत ज्यादा निकल गया है उसे खून की तुरंत जरूरत है। आपमें से जिसका ग्रुप बी हो वो पैथोलाजी रूम में आ जाए।'

'चलो अपना खून भी टैस्ट करा लें।'

'क्यों?'

'शायद अपना बी ग्रुप हो।'

'अपना तो नहीं है।'

'तुम्हें पता है?'

'हाँ।'

'फिर तुम तो छूटे।'

'देखें कौन वहाँ पहुँचा है?'

'क्यों तुम्हारा क्या इरादा है?'

'वैसे ही जानकारी के लिए।'

'पर अभी तो सभी यहीं खड़े हैं।'

'खड़े तो हैं।'

'फिर हम ही क्यों चलें?'

'किसी से पूछें तो।'

'क्यों भाई खून मिला?'

'मिल गया है।'

'किसने दिया?'

'पता नहीं।'

'अजीब आदमी हो।'

'यहाँ खड़े हो फिर भी इतनी-सी बात पता नहीं?'

'अच्छा ही हुआ।'

'क्या?'

'खून मिल गया।'

'हाँ अब बेचारे की जान बच जाएगी।'

'बड़ा अच्छा आदमी है।'

'कौन?'

'अरे वही शर्मा।'

'जिसके चोट लगी है?'

'हाँ।'

'तुम भी तो उसे देखने आए हो।'

'नहीं तो। '

'फिर क्यों?'

'वैसे ही खबर सुनी तो हम चले आए।'

'अजीब आदमी हो।'

'क्या कहा?'

'बेकार भीड़ जोड़ने चले आए।'

'क्यों तमाशा तुम नहीं देख रहे? '

'छोड़ो इन बातों को।'

'खून किसने दिया?'

'कोई अच्छा आदमी होगा।'

'रिश्तेदार होगा रिश्तेदार। हर आदमी क्यों अपना खून निकलवाएगा?'

'कोई जरूरी थोड़े ही है कि रिश्तेदार ही हो।'

'फिर कौन है?'

'पता चलाया तो था।'

'पर पता चला भी तो नहीं।'

'क्यों खून देनेवाला नौजवान होगा?'

'और क्या?'

'हर आदमी तो खून दे भी नहीं सकता।'

'दे सकता है।'

'कोई भी!'

'हाँ।'

'फिर इतने लोग चुपचाप क्यों खड़े रहे?'

'जैसे हम खड़े रहे।'

'फिर वही बात

'चलो कहीं बैठते हैं।'

'थक गए।'

'इतनी देर से खड़े हैं।'

'कहाँ बैठोगे?'

'कहीं भी।'

'वहाँ घास में बैठेंगे।'

'वो तो गीली है कपड़े खराब हो जाएँगे।'

'फिर!'

'उस बेंच पर बैठते हैं।'

'चलो।'

'यार इतनी भीड़ में भी परेशानी है।'

'कितनी कम बेचे हैं यहाँ?'

'तुम देख रहे हो।'

'क्या?'

'यह आदमी बेंच पर सो रहा है।'

'और इतने लोग खड़े हुए हैं।'

'आओ उसे उठाएँ।'

'छोड़ो भी।'

'क्यों छोड़े आखिर बेंच सोने के लिए डाली गई हैं?'

'बात तो ठीक है।'

'ऐ मिस्टर'

‘तुम्हें क्या हुआ?’

‘उठकर बैठो।’

‘अजीब आदमी हो।’

‘यहाँ इतनी भीड़ जुड़ी है, इसे जैसे कुछ पता ही नहीं।’

‘उठो, उठो, बेंच बैठने के लिए है।’

‘यह तो बोलता ही नहीं।’

‘अरे यह तो वही है।’

‘कौन?’

‘जो हमसे झाड़ रहा था।’

‘हों है तो वही।’

‘वहाँ तो इसे काम की जल्दी थी।’

‘यहाँ मस्ती से आँखें बंद किए पड़ा है।’

‘क्यों जबरदस्ती उठोगे?’

‘हाँ अब आँखें खोलो।’

‘देखो ना लातों के भूत बातों से मानते ही नहीं।’

‘उठकर बैठो।’

‘क्यों?’

‘हम भी बैठेंगे।’

‘मैं थोड़ा थक गया हूँ।’

‘तो क्या हम आपके पैर दबाएँ?’

‘शुक्रिया, एक गिलास पानी ला दीजिए।’

‘क्या कहा?’

‘बस एक गिलास पानी।’

‘यह आपकी कमीज पर खून कहाँ से लगा है?’

‘वैसे ही।’

'फिर भी कैसे?'

'डाक्टर जल्दी में था।'

'क्या तुम्हारे खून चढ़ाया गया है?'

'नहीं।'

'तुम भी उस बस में थे?'

'नहीं।'

'तो फिर खून कहाँ से आया?'

'खून लेने के बाद डाक्टर ने सिरिंज... '

'क्या मतलब?'

'झटके से निकाल लिया और कुछ बूँदें मेरे कपड़ों पर आ गईं।'

'तो क्या...'

'खून तुमने दिया है?'

'बताते क्यों नहीं, हम इतनी देर से परेशान हैं।'

'खून किसने दिया है?'

'उसको जरूरत थी, मेरे पास ज्यादा था।'

'और तुमने दे दिया।'

'हाँ।'

'तुम लेटो।'

'हम दूसरी बेंच पर बैठ जाते हैं।'

'एक गिलास पानी, लाएँगे न!'

* * *

7

भ्रमजाल

स्वामी आत्मानंद ने आश्रम से बाहर निकलकर आज भी हर दिन की तरह पीपल के घने वृक्ष की छाया में अपना आसन जमाया। भक्तगण पहले ही एकत्र हो चुके थे और पंक्तिबद्ध होकर पेड़ के नीचे श्रद्धापूर्वक बैठ गए थे। सूरज देवता अभी पूर्व की गुफा से बाहर नहीं निकले थे। दूर तक केसरिया रंग फैला था जो धीरे-धीरे सफेद रंग में परिवर्तित होता जा रहा था। आस-पास के पेड़ों पर पक्षियों का शोर था और एक ऐसा वातावरण था, जिसमें मनुष्य प्रकृति के बहुत निकट हो जाता है। महाराज ने कंधों पर बिखरे हुए केश सँभाले और प्रवचन आरंभ किया...

'उपस्थित भक्तगण मैं नहीं जानता तुम यहाँ कहाँ-कहाँ से आकर जमा हुए हो तुम्हारी इच्छाएँ क्या हैं और मुझसे किस बात की आशा रखते हो।'

साधु महाराज की आँखें लाल थीं और चेहरे पर गंभीरता का भाव। मुखमंडल पर एक ऐसा तेज था जो अपने भीतर की असीम शक्ति को प्राप्त करने के उपरांत ही मिलता है। उनकी भारी किंतु प्रभावशाली आवाज आस-पास के वातावरण में गूँज रही थी।

'हाँ तो भक्तजन मैं नहीं जानता, तुम मुझसे किस चीज की आशा रखते हो, किंतु मैं तुमसे यह कहूँ तो क्या तुम विश्वास करोगे कि यह संसार जिसे तुम सुख के साथ भोगना चाहते हो, सत्य-दृष्टि से नहीं मिलता। दिखावे से, चतुरता से और चालाकी से मिलता है। तुम यदि इस निष्ठुर सुख को प्राप्त करने के लिए परिश्रम, निश्छलता एवं सत्यवादिता से काम लोगे तो नितांत घाटे में रहोगे। दुनिया निष्ठा से नहीं, छल से, स्पष्टवादिता से नहीं, चाटुकारी से जीती जाती है।'

साधु महाराज की वाणी कुछ क्षण के लिए रुकी। कुछ देर मौन छा गया। वे फिर बोले-

'याद रखो, यदि तुम बुद्धिमान हो तो आस्थाओं को टूटने मत दो। यह सारा संसार भ्रमजाल पर टिका है। भ्रम टूट जाएँगे तो यह सारा भवन पलक झपकते खंडित हो जाएगा। विश्वास चाहे कितने ही आधारहीन क्यों न हों उन्हें यथार्थ की आँच से पिघलने मत दो। परस्पर विश्वास की डोर ही मानव-समाज में एक को दूसरे से बाँधे रखती है। विश्वासों की सत्यता को परखने की भूल कदापि मत करना क्योंकि अगर तुमने कभी ऐसा किया तो वह भ्रमजाल टूट जाएगा, जो मनुष्य ने हजारों वर्षों में बुनकर तैयार किया है।'

साधु एक बार फिर अपनी बात कहते-कहते रुक गया। तभी भक्तजनों में से एक ने प्रश्न किया-

'तो महाराज! क्या इसी भ्रमजाल में रहकर ईश्वर-ज्ञान प्राप्त करना संभव होगा।'

'हाँ, पुत्र! ईश्वर-ज्ञान भी। नग्न सच्चाइयों को सह पाने की शक्ति आदमी में नहीं है। वह आस्थाओं और विश्वासों के माध्यम से ही सुख-शांति के स्रोत तक पहुँचता है, संदेह और शंका के द्वारा नहीं क्योंकि इस मार्ग में कष्ट-ही-कष्ट हैं दुःख-ही-दुःख हैं और फिर ये आशंका भी है कि सत्य की प्राप्ति के बाद यह संसार उसी प्रकार टूट-फूट जाएगा, जैसे उस व्यक्ति की गृहस्थी छिन्न-भिन्न हो गई थी, जिस पर एक योगी ने एक बहुत छोटा सत्य प्रकट कर दिया था।

साधु बोलते-बोलते रुका तो एक भक्त ने जिज्ञासा प्रकट की- 'वह क्या घटना थी महाराज?'

'साधु ने भक्तों की ओर देखा और एक-एक आदमी की ओर उँगली उठाकर पूछा 'क्या तुम उस दृश्य को स्वयं अपनी आँखों से देखना चाहोगे?'

सबने एक स्वर में कहा, 'हाँ महाराज!'

महाराज ने आदेश दिया, 'सभी अपनी आँखें मूँद लें और ध्यानमग्न हो जाएँ। देखें, यह संसार दिखावा है अथवा यथार्थ!'

सभी लोग आँखें मूँदकर ध्यान लगाने की चेष्टा करने लगे।

साधु ने मंत्र का उच्चारण आरंभ किया-

भक्तों ने देखा निर्जन जंगल में एक योगी है, जो अपने सामने सिर झुकाए एक व्यक्ति से कह रहा है- 'बहुत दुनिया भोग ली माया-मोह के जाल से निकलो राजन, तुम एक ऐसे विश्वास के सहारे जीवित हो जिसकी आधारशिला झूठ पर रखी है। भ्रम से निकली और आ जाओ यहाँ हमारी संगत में जहाँ सत्य है, धोखा नहीं है, दिखावा नहीं है।'

पर योगी की बात राजन ने स्वीकार नहीं की। उसने योगी से दृढ़तापूर्वक कहा-

'नहीं महाराज! मुझसे तत्काल यह नहीं होगा। मेरी पत्नी मेरे बच्चे! वे सब मुझे चाहते हैं। इतना चाहते है कि आप अनुमान नहीं लगा सकते महाराज! पच्चीस वर्ष के दांपत्य जीवन में हम एक दिन के लिए भी एक-दूसरे से नहीं बिछुड़े हैं। मैं शोभा के बिना और शोभा मेरे बिना जीवित नहीं रह सकती महाराज!'

'क्या तुम्हें इसका पक्का विश्वास है, राजन? ' योगी ने पूछा और विषाक्त हँसी हँसकर चुप हो गया।

निस्तब्धता के कुछ क्षण बीत गए। अनायास भक्तों ने आँखें खोल दीं- देखा, सारा दृश्य वही था। वही पीपल का वृक्ष और माला जपता हुआ साधु। वे कल्पना लोक में जो कुछ देख रहे थे, लुप्त हो चुका था। क्या वह सब अस्तित्वहीन था, केवल दिखावा। भक्तजन इस शंका से ग्रस्त ही थे कि साधु की आवाज फिर पूंजी-

'आंखें मूँदकर पुनः ध्यानमग्न हो जाओ।'

'भक्तों ने फिर आँखें मूँद लीं।'

राजन के घर का दृश्य सामने था।

सुंदर और आकर्षक व्यक्तित्व की स्वामिनी एक नारी राजन की गोद में सिर रखे लेटी है। लंबी-लंबी अलकें इस प्रकार कंधों पर झूल रही हैं, मानो सौंदर्य-मार्ग से झरने फूट निकले हों। निस्संदेह यह शोभा है। उसके अधरों पर प्रीत की तृष्णा है और नयनों में भावुकता का सागर लहरा रहा है। सारा दृश्य एक विचित्र-से रोमांस में डूब गया है। नारी की महीन आवाज कानों में गूँजती है-

'प्रिय! क्या संसार की किसी नारी ने अपने पति को इतना चाहा होगा, जितना मैंने तुम्हें चाहा है। मेरा जीवन तुम्हारे लिए समर्पित है। मेरी हर साँस तुम्हारे लिए है। मुझे यह सोचकर डर लगता है, कहीं कोई ऐसा दिन न आ जाए कि तुम मेरी पहुँच से दूर चले जाओ। मैं ऐसे किसी क्षण की कल्पना ही नहीं कर सकती, जो तुम्हारे वियोग में काटना पड़े'

'दांपत्य सुख क्या होता है, यह मैंने तुम्हें पाकर ही समझा है।' राजन के स्वर में पत्नी के लिए पूर्ण समर्पण का भाव है- उसकी आवाज धीमी है पर अपनेपन से ओतप्रोत! भावविभोर होकर उसने पत्नी के कोमल हाथों को अपने हाथों में थाम लिया है- 'ये हाथ मुझसे जीते-जी छूटेंगे नहीं शोभा जीवन-मरण का साथ है मेरा-तुम्हारा।'

'एक वचन दो राजन! मुझे छोड़कर तुम कहीं नहीं जाओगे। काम पर जाते हो तो मैं चोखट से लगी राह देखती रहती हूँ.। जैसे मैं पत्थर की हो गई हूँ। अपलक उस पगडंडी को निहारती रहती हूँ, जिससे तुम वापस आओगे।'

'पर शोभा किसी दिन अगर मैं अनायास बीमार पड़ गया और मर गया तब?'

पति के मुख से ऐसी अशुभ बात सुनकर शोभा व्याकुल हो गई। उसने घबराकर राजन के अधरों पर अपना हाथ रख दिया। बोली, 'ऐसा मत कहो। मैं सोच भी नहीं सकती, कभी ऐसा दिन आएगा कि तुम नहीं रहोगे। वह दिन आने से पहले ही मुझे उठा लेना भगवान... शोभा ने प्रार्थना की मुद्रा में हाथ जोड़ दिए। राजन ने शोभा को प्यार से बाँहों में भर लिया- 'दु:खी मत हो शोभा प्रिय- हम साथ जिएंगे, साथ मरेंगे।'

'हाँ राजन यमदूत भी चाहे तो मैं तुमसे जुदा नहीं होऊंगी। एक ही चिता में जल मरूँगी तुम्हारे संग-।'

'और मैं भी शोभा-।' राजन ने शोभा का हाथ अपने हाथ में लेकर वचन दिया।

'तुम्हें तो कुछ पता ही नहीं है प्रिय- '। शोभा ने प्यार से पति की बाँहों में बांहें डाल दीं- 'मैं रात-रात भर सोती नहीं हूँ, करवट लेती हूँ, तो मुझे लगता है

कहीं तुम्हें प्यास तो नहीं लगी है। नींद में कोई आवाज निकलती है, तो मैं डर जाती हूँ कि कहीं तुम्हारे शरीर में दर्द तो नहीं है। प्यार में कितना आनंद है, प्रिय मुझसे अधिक कौन जानेगा?'

'खाना परोसती हूँ तो विचार आता है, काश यह तुम्हें अच्छा लगे। श्रृंगार करती हूँ तो इच्छा होती है कि पहली दृष्टि तुम्हारी हो, जो मुझ पर पड़े। क्या दुनिया में कोई और पगली भी ऐसी होगी जैसी मैं हूँ, अपनी सुध-बुध बिसराए तुम्हारे चरणों में पड़ी रहूँ, बस यही इच्छा है मेरी।'

'तुम्हें पाकर मुझे लगता है शोभा जैसे मेरे जीवन की हर साँस तुम्हारे लिए हो, मेरे लिए उस जीवन का कोई अर्थ नहीं है, जो तुम्हारे बिना व्यतीत करना पड़े। वचन दो हम कभी बिछुड़ेंगे नहीं।'

'हाँ।' शोभा ने राजन का हाथ अपने हाथ में लेकर दबाया और वचन के सूत्र में बँधकर शांत हो गई।

भक्तों ने फिर आँखें खोल दीं। महाराज ने पूछा, 'कुछ देखा तुम लोगों ने?'

भक्तों ने हाँ में सिर हिलाया- 'हमने एक ऐसे आदर्श दंपत्ति को देखा जिसका प्यार अटूट है, अमर है। दुनिया में शायद ही कोई ऐसा दंपत्ति होगा जिसने इतनी आत्मीयता से एक-दूसरे को चाहा होगा।'

'क्या तुममें से कोई है, जो इनके प्रेम की सत्यता पर संदेह करता हो?' महाराज ने एक-एक की ओर इशारा करते हुए पूछा।

'नहीं महाराज! ऐसा कोई नहीं। इनका प्यार इतना ही सच्चा है, जितना आकाश यह सूरज और उसकी रोशनी-।'

'अच्छा, अब अपनी आंखें एक बार फिर मूँद लो ताकि वह अंतिम दृश्य भी तुम्हारी नजरों के सामने आ जाए, जो साधारणतया मनुष्यों पर प्रकट नहीं होता।' साधु ने भक्तगणों को निर्देश दिया।

भक्तजन पुनः आँखें मूँदकर ध्यानमग्न हो गए।

देखते क्या है कि उसी घर की छोटी-सी अँगनाई उनके सामने है और सर्पदंश से पीड़ित शोभा का पति राजन अचेतावस्था में लेटा है। उस पर सफेद चादर डाल दी गई है। शोभा उसके सिरहाने खड़ी विलाप कर रही है। दोनों छोटे बच्चे भयभीत से हैं और बिलख रहे हैं।

योगी, राजन के निकट कमली बिछाए मंत्रोच्चारण में लीन है। शोभा बिलख रही है-

'मेरे प्राणनाथ की रक्षा करो महाराज। इन्हें बचालो- इन्हें बचा लो।'

बार-बार उसके अधरों से, सिसकियों के साथ घुल-मिलकर, यही आवाज निकल रही है- 'मैं अपना जीवन, अपनी सारी पूँजी भेंट कर दूँगी महाराज, मेरा सुहाग, मेरा संसार बचा लो, इन्हें बचा लो महाराज।'

'धैर्य रख धैर्य रख।' योगी की मोटी गंभीर आवाज गूँजी 'एक लोटा शुद्ध दूध का ला।'

दूध आ गया। सिद्धहस्त योगी ने एक पुड़िया से कुछ चूर्ण-सा लेकर उसमें मिलाया और नारी की ओर देखते हुए बोला, 'ले नारी यह विष-मिला दूध है, इसे पी ले झटपट-जैसे ही यह तेरे पेट में उतरेगा तेरे पतिदेव के प्राण लौट आएँगे, लेकिन तू..।'

'लेकिन मैं.. 'शोभा के मुख से चीख निकली।

'हाँ, तब तू नहीं रहेगी, तेरा अंत हो जाएगा देवी।'

दूध का प्याला पकड़े शोभा के हाथ थर-थर काँपने लगे। उसने निकट खड़े दोनों छोटे बच्चों की ओर देखा और बिलख पड़ी-

'पर महाराज! ये मेरे बच्चे।'

'माँ की ममता और पति की प्रीत में एक चीज चुन ले नारी- जल्दी कर।'

'पर महाराज! मैं पत्नी ही माँ भी तो हूँ। मेरे बिना कौन इनके सिर पर हाथ रखेगा कौन इन्हें पालेगा महाराज-?' माँ की पीड़ा शोभा के अधरों पर आ गई।

'शीघ्र निर्णय ले देवी तू किसे अधिक चाहती है, संतान को या पति को! फैसले का यह अंतिम क्षण है अब।' योगी ने पहाड़-सा प्रश्न शोभा के सामने ला खड़ा किया।

'पर महाराज! ये राजन भी कब जी पाएँगे मेरे बिना- नहीं जी सकेंगे ये। 'प्याला एक बार फिर शोभा के हाथ में कँपकँपाया।

योगी की आवाज गूँजी- 'तुझे दूध पीने में संकोच है नारी-क्या अपने प्राण अधिक प्यारे हैं, पति के प्राणों से?'

शोभा की आँखों से आँसुओं की धारा फूट पड़ी।

'एक ओर मेरी ममता एक ओर मेरा सुहाग एक ओर स्वयं मैं-आप महाज्ञानी हैं, आप महाज्ञानी हैं, मेरी सहायता कीजिए, मेरी सहायता कीजिए महाराज।'

योगी ने फिर आग्रह किया- 'यह अंतिम क्षण है, शीघ्रता कर नारी दूध का प्याला अधरों से लगा और पी जा इसे सोचती क्या है, पत्नी- धर्म की रक्षा कर।'

पर शोभा ने प्याला धरती पर रख दिया और बच्चे को छाती से लगाकर सिसकियाँ भरने लगी।

राजन कब का अचेत अवस्था से बाहर आ चुका था। शायद मंत्रों के प्रभाव से- उसने स्वयं यह सारा दृश्य देखा और उस वचन को याद किया, जो पत्नी ने साथ जीने, साथ मरने को लेकर उसको दिया था। भ्रम टूट गया राजन का विश्वास जाता रहा पत्नी पर से। सारी गृहस्थी ही संदेहों के जाल में फँस गई।

भक्तजन ध्यान के सागर से बाहर निकले तो साधु के शब्द हिम-कण बनकर उनके कानों में टपक रहे थे-

'और इसीलिए भक्तों! मैं तुमसे कहता हूँ- भ्रमजाल को टूटने मत दो विश्वासों की डोर फैली रहने दो। अपने प्रियजनों की परीक्षा मत लो, क्योंकि मनुष्य स्वयं भी नहीं जानता कि उसके भीतर जो सच्चाई निहित है, वह वास्तव में क्या है? अगर योगी इस घटना के पात्र राजन के भ्रम पर टिके विश्वास को खंडित न कर देता और शोभा को इस कठिन परीक्षा में न डाल देता कि उसके हृदय में माँ की ममता अधिक गहरी है या पति का प्रेम अथवा उसका अपना जीवन तब क्या राजन की सुखी गृहस्थी यों संदिग्ध होकर बरबाद हो पाती! ' साधु चुप हो गया तो भक्तों को लगा जैसे सच का अंकुर जहाँ फूटा था, वहाँ घोर सन्नाटा छा गया है।

* * *

8

एक और लक्ष्मणरेखा

'नारी तो सचमुच धरती के समान है। वह केवल उत्पत्ति चाहती है, आनंद नहीं- लेकिन पुरुष...।'

आभा ने इतना कहकर मंजू की ओर देखा और खामोश-खामोश आँखों से तैरती हुई नमी को अपने अंदर ही समेट लिया। मानो बादल बरसने से पहले ही हवा के पंखों पर उड़ते हुए पर्वतों की ओर कूच कर गए हों।

कुछ क्षण दोनों के बीच सन्नाटा छाया रहा। वह फिर बोली, 'पुरुष वह तो बस तैयार फसल काटने में ही विश्वास रखता है .. तैयार फसल काटने में...।'

'क्या ऐसा नहीं है?' आभा ने मंजू की आँखों में झाँककर देखा और उसके उत्तर की प्रतीक्षा करने लगी। अभी शाम की परछाइयाँ पूरी तरह धरती से गायब नहीं हुई थीं खिड़कियों से छनकर आती हुई पीली-पीली धूप ड्राइंग रूम की पूर्वी दीवार पर टुकड़ा-टुकड़ा होकर बिखर गई थी बाहर खड़े गुलमोहर के दो पेड़ अपनी पतली-पतली शाखाएँ झुकाए धरती का नमन करते दिखाई देते थे। हवा शांत थी और दिनभर के थके-हारे पक्षियों ने अपने बसेरों की ओर लौटना आरंभ कर दिया था।

आभा ने शीशा लगी खिड़कियों से झाँकते हुए आसमान के नीले टुकड़े की ओर देखा। बगुलों का एक जोड़ा आंखों के सामने दो सफेद धावकों की तरह उभरकर गायब हो गया था। मेज पर रखी हुई चाय की प्याली से उठती हुई भाप निरंतर अपनी ऊष्मा कम करती जा रही थी। मौसम अभी अधिक ठंडा नहीं

हुआ था लेकिन हवा के स्वभाव में आया हुआ परिवर्तन संकेत दे रहा था कि आनेवाले दिनों में जब आसमान से शीत बरसेगा और धरती की कोख ठंडी हो, जाएगी तो यों ठहर-ठहरकर चाय की चुस्कियाँ लेना आसान नहीं रहेगा।

'तुमने दो मौसमों के मिलने का दृश्य देखा है मंजू?' आभा ने हलकी गर्म चाय का घूँट कंठ से नीचे उतारते हुए कहा। ऐसा लगा मानो आभा के मस्तिष्क में गड्ड-मड्ड होते हुए विचार स्वयं ही मुखरित हो उठे हो .. 'ठीक वह दृश्य, जब शरद ऋतु आ रही होती है और ग्रीष्म ऋतु के होठों पर अलविदा-अलविदा का स्वर नाच रहा होता है। आनेवाली और जाती हुई ऋतु एक मिलन-बिंदु पर कितनी देर मिली हैं? बस इतनी देर जितना मैं और धीरज एक बार जीवन के एक मोड़ पर मिले थे और बिछुड़ गए। मौसम तो एक बार अपना पूरा चक्र काटकर पुनः मिल लेते हैं, लेकिन आदमी...।'

आभा ने खामोश बैठी मंजू की ओर देखा और चुप हो गई। उसे लगा जैसे आदमी मौसम से भी अधिक अविश्वसनीय हो गया हो। मंजू जो कई वर्ष बाद उससे मिली थी जानती थी कि इन बीते बरसों में वह कितनी भयंकर पीड़ा से गुजरती आई है।

'तुम ठीक कहती हो आभा। नारी तो सचमुच धरती के समान है। वह तो बस उत्पादन करना चाहती है, फसल देना चाहती है। और फसल, ..?'

'फसल तैयार होती है तो उसका स्वामी. ..।' मंजू कुछ कहना चाहती थी कि अचानक बराबर के कमरे से अबोध बालक की आवाज गूँज उठी-

'मम्मी-मम्मी।'

चौंककर मंजू ने कमरे की ओर देखा- 'क्या धीरज से तुमने अपना बच्चा वापस ले लिया था आभा?' उसने पूछा और उसे लगा, जैसे कोई चीज चटाख से शीशे की तरह टूटकर उसके अंदर बिखर गई हो।

उसे याद आया कि आभा का बेटा जिसे वह प्यार से मनु कहकर पुकारती थी, अभी दो वर्ष का भी नहीं हुआ था कि पति-पत्नी के बीच एक संबंधों की

डोर ढीली पड़ने लगी थी। उसे याद आया कि पिछली भेंट में आभा ने उससे कहा था-

'मंजू, गृहस्थी का रथ समतल राहों पर खींचना मुश्किल हो गया है। हर पल खतरे-ही-खतरे हैं। यों समझो अब मैं आशाओं से अधिक आशंकाओं के बीच जी रही हूँ।'

मंजू का माथा ठनका। उसने बहुत समय तक यही समझा था कि आभा और धीरज एक आदर्श और सुखी जीवन जी रहे हैं। कोई भेद-भाव कोई मनमुटाव इन दोनों के बीच नहीं है। तो क्या यह धारणा सच नहीं थी? उसने आश्चर्य से आभा की ओर देखा था और ध्यान देकर उसकी बात सुनने लगी थी।

आभा कह रही थी-

'सबसे बड़ी कठिनाई यह है कि अकेला धीरज ही नहीं अधिकतर पुरुष नारी से अपेक्षा तो यह करते हैं कि वह आत्मनिर्भर हो घर की स्थिति को मजबूत बनाने में आर्थिक सहयोग दे, नौकरी करे ताकि पैसा आए। इस सबके बावजूद वह यह भी चाहता है नारी पारिवारिक 'बहू' का परंपरागत रूप भी बनाए रखे। दो विपरीत दिशाओं में यात्रा करना क्या संभव है मंजू?

अपनी पीड़ा व्यक्त करते हुए आभा ने एक लंबी ठंडी साँस ली और चुप हो गई। ढलती हुई शाम दीवारों का आखिरी चुंबन लेकर कब की विदा हो चुकी थी। कमरे में दो प्राणियों के होते हुए भी एकांत का अहसास लिए घर भांय-भांय कर रहा था। हाँ, दूर सड़क पर गुजरनेवाले वाहनों के हॉर्न और पहियों की खड़खड़ाहट से वातावरण पर छाई उदासी कम हो उठती थी। मेज पर रखी चाय की खाली प्यालियाँ आश्चर्य से खुले जबड़ों की तरह दिखाई दे रही थीं। यह एक मझोला औद्योगिक नगर था, जिसमें धीरज ने बाहर की घनी आबादी से दूर एक छोटे से फ्लैट में आभा के साथ कुछ ही वर्ष पहले अपने वैवाहिक जीवन की शुरुआत की थी और आभा ने उसका हाथ थामकर सचमुच यह महसूस किया था, जैसे वह लंबे एकांत के बाद उन सशक्त बाहों के आश्रय में आ गई हो, जहाँ विश्वास है, परस्पर सहयोग है शांति और सुख है।

बाल्यावस्था में ही माँ-बाप की छाया से वंचित हो जानेवाली आभा ने उच्च शिक्षा प्राप्त करने तक जिस प्रकार मामा-मामी के घर दिन बिताए थे उसकी कड़वी-कसैली यादें उसकी झोली में थीं। जीवन के दु ख- भरे अनुभवों ने उसे हर अच्छी संभावना, हर सुंदर स्वप्न के सामने आत्मसमर्पण के सिवाय सिखाया ही क्या था? वह सुंदर थी, आकर्षक थी और परिश्रमी भी। लेकिन थी तो एक बोझ ही, उस सीमित आयवाले परिवार के लिए, जिसके गिन में नियति ने उसके अस्तित्व को ला पटका था। मंजू को याद थे वे दिन, जब पहली बार वह धीरज से मिली थी। धीरज उन्हीं दिनों नया-नया आकर एक खाद कारखाने में श्रम अधिकारी लगा था।

लंबे कूद सुडौल शरीर और गोल चेहरेवाला धीरज देखते-ही-देखते आभा का एक ऐसा स्वप्न बन गया था, जो उसने जागती और खुली आँखों से एक बार नहीं बार-बार देखा था और जिसे सोचकर वह शरमा-शरमा गई थी।

धीरज गाँव के एक सामान्य परिवार से निकलकर आया था। उसने एक बार स्वयं अपने बारे में बताया था कि उसके पिता गाँव के एक औसत भूस्वामी थे। उसके परिवार में महिलाओं को नि संकोच घूमने-फिरने तथा कॉलेज और विश्वविद्यालय में शिक्षा पाने की स्वतंत्रता नहीं थी। उसके पिता एक ऐसे व्यक्ति थे, जो बदले हुए समय को देखते हुए भी पुरानी परंपराओं को अपनी सीने से लगाए और बनाए रखना चाहते थे। उसने बताया था कि वह उस परिवार का पहला सदस्य है, जिसने वहाँ के घुटे-घुटे माहौल से विद्रोह किया, सारी प्राचीन परंपराएँ तोड़ डालीं और परिवार की बच्चियों को आगे बढ़ने शिक्षा पाने तथा खुली आँखों से दुनिया को देखने की प्रेरणा दी।

धीरज के रूप में एक आदर्शवादी और प्रगतिशील युवक के प्यार को पाकर आभा गद्गद् हो उठी थी।

विवाह के बाद के तीन वर्षों की घटनाओं का आँखों-देखा हाल मंजू को मालूम नहीं। वह केवल इतना जानती है कि अभी कोई छह-सात महीने पहले धीरज अपने इकलौते बेटे मनु को साथ एक और लेकर परिस्थितियों की मारी आभा को एकांत में जलने के लिए छोड़ गया था।

रात की कालिमा ने पूरब के क्षितिज पर अपने पंख फैलाए और कमरे के अंदर की धुंध कुछ और गाढ़ी हो गई तो आभा ने उठकर कमरे की बत्तियाँ जला

दीं। बिजली की जगमगाती रोशनी में मंजू ने उस चित्र की ओर देखा, जिसमें धीरज नन्हे मनु को गोद में लिए खड़ा मुस्करा रहा था।

मंजू ने कुछ सोचते हुए आभा की ओर देखा और धीमे स्वर में बोली 'इतने छोटे बच्चे को पाल-पोसकर बड़ा करना मुश्किल तो होता ही पुरुषों के लिए। शायद इसी कारण धीरज ने वापस भेज दिया होगा मनु को? समझ तो गया ही होगा कि यह तो बस नारी ही है, जो नौकरी करते हुए भी बच्चे को पाल-पोसकर बड़ा कर सकती है।'

इतने ही में बराबर के कमरे से एक बार फिर वही आवाज सुनाई दी- 'मम्मी मम्मी'। आभा घबराकर उठी और लपककर कमरे में चली गई।

घड़ी की सुइयाँ अपने डायल पर सात बजाकर तीसवें मिनट की ओर बढ़ रही थीं। रात का पहला प्रहर आरंभ हो गया था। सामने खड़े गुलमोहर के दो पेड़ धुंध में लिपटे दो काले धब्बों की तरह दिखाई पड़ रहे थे। मंजू सोच रही थी कि क्या सचमुच पुरुष का मन इतना ही छोटा इतना ही शंकालु होता है? उसे याद आया कि आभा ने नौकरी तो धीरज के कहने से ही की थी। तो फिर क्यों वह अपने-आपको इसके लिए तैयार नहीं कर सका कि नौकरी करनेवाली महिलाओं को उतनी आजादी भी दी जानी चाहिए, जितनी उनके लिए आवश्यक है। मंजू ने यह सवाल जैसे अपने-आपसे किया और विचारों के अथाह सागर में डूब गई। आभा किचन में थी जहाँ से बर्तनों के खनकने की आवाज आ रही थी। उसके मस्तिष्क में आभा द्वारा बताई गई घटनाएँ केंचुओं की तरह रेंगने लगीं।

छोटी-छोटी घटनाएँ छोटी-छोटी शंकाएँ बढ़कर कितना भयंकर रूप धारण कर लेती हैं। मंजू एकांत में यह सोचकर काँप गई।

दफ्तर से कभी-कभी देर से घर लौटना क्या नौकरी करनेवाली महिला की मजबूरी नहीं हो सकती और क्या पुरुष हमेशा ही ठीक समय पर घर पहुँच जाते हैं? फिर जिस नियम का पालन वह स्वयं नहीं कर सकते, उन पर चलने की आशा महिलाओं से कैसे की जा सकती है? जबकि दोनों की मजबूरियाँ एक हैं, दोनों की विवशताएँ एक हैं।

मंजू ने एक बार सोचा तो सोचती ही चली गई..

क्या दफ्तर में काम करनेवाले साथियों को कभी-कभी चाय पर घर बुला लेना उनसे नि:संकोच घुल-मिलकर बात कर लेना किसी संदेह का आधार बन सकता है! क्या पुरुष स्वयं यह सब नहीं करता और क्या पत्नियाँ उस पर इसी तरह शक करती हैं, जैसे धीरज निरंतर आभा पर करता रहा?

उसे वह घटना याद आई, जिसने एक झटके के साथ उस डोर को तोड़ दिया था, जिसने इस छोटी-सी गृहस्थी को अपनत्व के रिश्ते में बाँध रखा था। लंबी चिट्ठी की वे पंक्तियाँ उसकी आँखों में घूम गईं, जो आभा ने इस घटना को लेकर उसको लिखी थीं।

उस दिन शाम बहुत ठंडी थी और हलकी-हलकी वर्षा ने माहौल को अत्यधिक सुहाना बना दिया था। आभा दफ्तर से जल्दी घर लौटना चाहती थी, लेकिन हैंडलूम कॉर्पोरेशन के जनरल मैनेजर ने, जहाँ वह स्टेनो-टाइपिस्ट थी, अचानक कर्मचारियों की मीटिंग बुला ली। मीटिंग दो घंटे से अधिक समय तक चली। अँधेरा होने पर जब वह घर पहुँची तो पाया कि धीरज ने अंदर से दरवाजा बंद कर लिया है। उसने बार-बार कॉलबैल पर हाथ रखा दस्तक दी आवाजें दीं दरवाजा खोलने की विनती की। देर तक वह द्वार पर खड़ी रोती रही। अंत में उसे एक ही जवाब मिला-

'अब यह रात भी तुम वहीं गुजारो, जहाँ यह शाम गुजारकर आई हो।' और आभा सारी रात अपनी एक सहेली के यहाँ पड़ी सुबकती रही थी।

सवेरे जब वह घर पहुँची तो धीरज अपना सामान बाँधकर तैयार हो चुका। माँ के वियोग में चिल्ला-चिल्लाकर मनु बेसुध-सा पलंग पर पड़ा था। उसने धीरज से कुछ पूछना, उसे रोकना चाहा, लेकिन इससे पहले कि वह कुछ बोलती, कुछ कहती, उसने देखा कि धीरज दो वर्ष के मासूम मनु को साथ लेकर घर से बाहर हो गया और आभा उसे टुकर-टुकर देखती रह गई। सामने मेज पर चिट्ठी पड़ी थी, जो धीरज उसके नाम लिखकर छोड़ गया था-

'अब तुम जहाँ चाहो आजादी से घूम-फिर सकती हो, मैं हमेशा के लिए घर छोड़कर जा रहा हूँ। मनु मेरा है, इस पर तुम्हारा कोई अधिकार नहीं।'

घटनाएँ एक-एक करके मंजू के मस्तिष्क में उभरीं और कमरे के उदास वातावरण को और बोझिल करके गुजर गईं।

आभा आई तो उसके चेहरे पर वही शांत उदासी थी, जो अब उसके अस्तित्व का हिस्सा बन गई थी।

मंजू ने बेचैनी से उसकी ओर देखा। धीमे से बोली, 'क्या धीरज कभी देर से घर नहीं आया था, जो उसने इतनी कड़ी सजा तुम्हें दी!'

'क्यों नहीं, अक्सर। और एक बार तो वह रात को ढाई बजे के बाद घर लौटा था। मैं सारी रात द्वार खोले उसकी प्रतीक्षा करती रही थी। दरवाजा खुला देखकर उसने हैरत से पूछा था, तुमने द्वार नहीं बंद किया जागती रही.. क्यों?'

'द्वार क्यों बद करती?' मैंने उत्तर दिया था, 'जिस नारी की सारी संपत्ति सारी दौलत घर से बाहर हो, वह दरवाजा क्यों बंद करेगी?' यह घटना बताते हुए आभा की आँखें आंसुओं से भर गई। इतने में बराबर के कमरे से फिर आवाज आई, 'मम्मी-मम्मी'।

मंजू ने पूछा, 'मनु को यहाँ क्यों नहीं ले आती? क्या उसकी तबीयत ठीक नहीं? लेटा हुआ है?'

आभा चुप रही...

मंजू ने कहा, 'मुझे तो पता नहीं था, धीरज ने तुम्हारा बेटा वापस कर दिया होगा। यह जानती तो उसके लिए कोई उपहार ही ले आती। यह रुपए लो और उसके लिए एक अच्छी-सी शर्ट बाजार से मँगा देना।'

लेकिन आभा ने हाथ नहीं उठाया। बोली, 'यह पैसे तुम मनु ही को दे दो। जाओ उधर कमरे में-'

मंजू कमरे में पहुँची। देखा प्लास्टिक का एक बच्चा स्टैंड पर रखा है। बिस्तर सूना है। कमरे में कोई नहीं। हाँ, थोड़ी- थोड़ी देर बाद उस बच्चे के होंठ हिलते है और उनसे आवाज निकलती है- 'मम्मी-मम्मी'।

मंजू खड़ी न रह सकी। सिर थामकर बैठ गई। जैसे वह कुछ भी सोच पाने की स्थिति में न हो।

उसे लगा कि जिंदगी एक दायरा है और ममता उसके चारों ओर एक लक्ष्मण-रेखा खींचे हुए है। शायद कोई भी उससे बाहर नहीं निकल सकता।

* * *

9

बूढ़ा ज्वालामुखी

रायबहादुर प्रतापनारायण सिंह हर रोज की तरह मुँह-अँधेरे बिस्तर से उठे और कैटी को साथ लेकर टहलने निकल गए।

अभी प्रकाश से भरा हुआ सूरज का गोल थाल पूर्व के क्षितिज पर सुशोभित नहीं हुआ था। बस बिखरे हुए सिंदूर की सी लालिमा आकाश के पूर्वी तट पर दूर तक फैली थी। रात- भर के भूखे पक्षी वृक्षों की टहनियों पर भोर का संदेश लिए मानव-जीवन के जाग्रत होने की प्रतीक्षा कर रहे थे। सड़क सुनसान थी, कोई इक्का-दुक्का वाहन सड़क का सन्नाटा तोड़ता हुआ सन्त से गुजर जाता या फिर रायबहादुर की भांति चहलकदमी करते हुए कुछ बूढ़े अपने बूटों की धीमी आवाज वातारण में छोड़ जाते, जो बीमार बालक की साँसों की भांति बार-बार उभरती और डूब जाती।

रायबहादुर प्रतापनारायण सिंह के हाथ में कैटी की जंजीर थी और दूसरे हाथ में आबनूस की सुरमई रंगवाली सुगंधित छड़ी। यह छड़ी लगभग तीन पुश्तों से उनके परिवार का इतिहास अपने अंदर छिपाए पग-पग पर उनका साथ दे रही थी। यह छड़ी उनके पिता कुँवर महताबनारायण सिंह की उस विशाल चल-अचल संपत्ति के साथ उन्हें मिली थी जो अब धीरे- धीरे खत्म हो रही है। बहुत बड़ी लेकिन ध्वस्त होती हुई हवेली स्वयं, रायबहादुर और यह छड़ी-बस ये तीन ही चीजें अब उस इतिहास की साक्षी रह गई हैं जिसने जीवन की तेज गति से बहती हुई धारा को अपनी हथेली की शक्ति से देर तक रोक रखा था, किंतु

पकड़ ढीली पड़ते ही यह जलधारा फूट निकली। तबसे अब तक न जाने कितना पानी बह चुका है। रायबहादुर स्वयं भी यह बात नहीं जानते। लेकिन निरंतर इस कोशिश में हैं कि उन अवशेषों को बचाए रखें, जिनसे उनकी पहचान निर्धारित होती है।

रायबहादुर अब पिचहत्तर के पेटे में हैं। स्वास्थ्य अच्छा है। लंबा, भारी भरकम डील-डौल, कर्जन-कट मूँछें और चंपा जैसा रंग। देखने में यों लगता है जैसे मिश्रित संस्कृति की पूरी एक शताब्दी उनके अस्तित्व में मिल गई है। सफेद चुस्त पायजामे पर लंबी शेरवानी पहने प्रतापनारायण सिंह अब खजूर के उस लंबे वृक्ष की याद दिलाते हैं, जो खेत की मेड़ पर खड़ा है और जिसे केवल निशानी के रूप में छोड़ दिया गया है। इस लंबी शेरवानी ने पिछले पचास वर्षों में उनके अस्तित्व की रक्षा तो की है, परंतु उनके एकांत को और बढ़ा दिया है।

अब इस विशाल लेकिन खस्ता-हाल हवेली में उनके अतिरिक्त एक पुराना नौकर इमामू है या फिर अलसेशियन नस्ल की यह कुतिया कैटी है। इन दोनों की वफादारी अब तक रायसाहब की दृष्टि में संदिग्ध नहीं हुई है।

इमामू पूरी जिम्मेदारी के साथ रायसाहब के हर काम का ध्यान रखता है। सुबह जागने से पहले ही वह उनके सिरहाने पेचवान ताजा करके ला रखता है। वह लेटे-लेटे दो चार कश लेते हैं और नींद की खुमारी आँखों से दूर करते हुए कैटी की जंजीर हाथ में थामे टहलने निकल जाते हैं। लौटकर आते हैं तो नाश्ता उनको अपनी मेज पर तैयार मिलता है। रायसाहब नाश्ता करते हैं और फिर बाहर दीवानखाने में आकर आरामकुर्सी में धँस जाते हैं। कभी ये दीवानखाना बस्ती- भर की रौनकों का एकमात्र केंद्र था। अब ऐसा नहीं है।

दोपहर के खाने तक रायसहब अब अकसर अकेले ही दीवानखाने में बैठे रहते हैं। सुबह का अखबार पढ़कर सामने मेज पर डाल देते हैं। ऊब जाते हैं तो पढ़ा हुआ अखबार पुनः पढ़ने लगते हैं। इमामू समय-समय पर हुक्का भर जाता है। रायसाहब धीमे-धीमे कश लगाते हैं और धुएँ के छल्ले हवा में छोड़ते हुए

अपने अतीत को पुनः पकड़ने का असफल प्रयास करते हैं। उनकी आँखें आज भी उन दृश्यों को भूली नहीं हैं, जिनके बीच उनका शाही जीवन व्यतीत हुआ था।

उन दिनों दीवानखाना बस्ती के लोगों से खचाखच भरा रहता था। एक जाता चार आ जाते। ड्योढ़ी पर हाथी झूमते, नौबत बजती। उस अँग्रेज कमिश्नर का फोटो आज भी दीवानखाने की पश्चिमी दीवार के साथ टँगा है, जो हर वर्ष अपने शीतकालीन दौरे पर उनके यहाँ शिकार के लिए मेहमान होता। उस केहरी नस्ल के बाघ की सुंदर खाल आज भी उनके भारी- भरकम तख्ता को सुशोभित कर रही है, जो अंग्रेज कमिश्नर की गोली से मारा गया था। उन दिनों इस सख्त के पाए चाँदी के थे। चाँदी की मोटी चादर बड़े कलात्मक ढंग से इन पर चढ़ाई गई थी। कालांतर में चाँदी की यह चादर उतर गई और बाजार में बिक गई।

रायसाहब अब उन अच्छे दिनों के बारे में सोचते हैं तो देर तक सोचते रहते हैं। कभी-कभी कोई पुराना साथी आ मिलता है तो सूने जीवन में थोड़ी-सी चहल-पहल आ जाती है, वरना अब उनका आ जीवन बूढ़ी और बीमार यादों को गले से लगाए धीरे-धीरे व्यतीत हो रहा है।

दोपहर को डाक आने के समय उनकी बेचैनी बढ़ जाती है। उन्हें प्रतीक्षा रहती है, चिट्ठियों की, जो पहले बहुत आया। करती थीं- मित्रों की सगे-संबधियों की परिचित-अपरिचित बहुत से लोगों की। अब वे नहीं आतीं। उन्हें लगता है जैसे जीवन की डोर से उनका रिश्ता धीरे-धीरे कमजोर पड़ता जाता हो। जैसे उनके चेहरे पर उगी झुर्रियों ऐसी गहरी खाइयाँ हों, जिन्होंने उनके अतीत और वर्तमान के बीच भारी बाधा उत्पन्न कर दी हो। पोस्टमैन आता है तो वह आशा-भरी दृष्टि से उसकी ओर देखते हैं। उन्हें उम्मीद होती है कि कोई और नहीं तो कम-से-कम उनका पुत्र या बेटी ही पत्र द्वारा उनका हाल पूछेंगे। किंतु हफ्तों उनकी यह आस पूरी नहीं होती।

अपनी बेटी राजकुमारी शकुंतला नारायण से जो अब अपने को शंकुतला आर्य लिखने लगी है, संबंध त्याग देने के बावजूद, न जाने क्यों उन्हें इस बात की प्रतीक्षा रहती है कि राजकुमारी शकुंतला उन्हें पत्र लिखेगी अपना और अपने बच्चों का शुभ समाचार देगी।

शकुंतला अब उन्हें दूसरे-तीसरे महीने चिट्ठी लिखती है। जवाब की प्रतीक्षा किए बिना, क्योंकि वह जानती है कि रायबहादुर प्रतापनारायण सिंह अब जीवन में उससे कोई संबंध नहीं रखेंगे। वह जानती है कि रायसाहब एक बार जो निर्णय कर लेते हैं, वह कभी टूटता नहीं। पहाड़ की तरह अटल होता है।

कई बार शकुंतला आर्य ने उनसे आग्रह किया है कि जो कुछ घट चुका है, उसे भूल जाएँ और जीवन की नई मान्यताओं का साथ देने की कोशिश करें। किंतु ऐसे हर सुझाव पर रायबहादुर का सामंती खून खौल-खौल गया है और वह अपना निर्णय बदलने के लिए तैयार नहीं हो सके हैं। शकुंतला आर्य को अपने किए पर पछतावा नहीं है। वह महसूस करती है कि बूढ़े बाप के रूढ़िवाद के विरुद्ध विद्रोह करके उसने कोई गलत काम नहीं किया था। किंतु उसे दुःख है कि वह बाप के प्यार से वंचित हो गई है।

एक बार उसने रायबहादुर से मिलने का प्रयत्न किया था। जब वह अपने भाई जगतनारायण सिंह को साथ लेकर उनके यहाँ आ गई थी!

रायबहादुर प्रतापनारायण सिंह जब भी उस घटना को याद करते हैं, उन्हें अपने मन में एक टीस-सी उठती हुई महसूस होती है, लेकिन मस्तिष्क का कठोर निर्णय उन्हें हौसला देता है कि जो कुछ किया गया ठीक था। रायबहादुर पछतावे और अपने स्वभाव की कठोरता के बीच झूलते हुए अकसर उस क्षण को याद करते हैं, जब हवेली के मुख्य द्वार से प्रवेश करती हुई शकुंतला का मार्ग उनकी गरजदार आवाज ने रोक दिया था-

'इस घर में अब तुम्हारे लिए कोई जगह नहीं है। जहाँ से आई हो वहीं जा सकती हो।'

और जब शकुंतला श्रद्धा-भाव से उनके चरण छूने के लिए झुकी थी, तो एक अपरिचित शक्ति से उनके अधर चीख उठे थे-

'इन म्लेच्छ हाथों का स्पर्श मुझे स्वीकार नहीं है-जाओ। जाओ!' और तब शकुंतला सिर झुकाए अपने ही घर की ड्योढ़ी से अपमानित होकर वापस लौट गई थी।

वर्षों हो गए हैं इस घटना को, परंतु रायबहादुर अपने फैसले पर अडिग हैं। कभी-कभी आ इमामू हाथ जोड़कर उनसे कहता है, 'सरकार, बिटिया को क्षमा कर दीजिए। इन बूढ़े हाथों ने उसे गोद खिलाया है। लगता है, जैसे मेरे ही दिल का कोई टुकड़ा मुझसे छिन गया हो।'

ऐसे हर अवसर पर रायबहादुर अपनी आँखें मूँद लेते हैं- 'इमामू! क्षमा भूल की होती है, पाप की नहीं।' कठोर स्वर उनके मुँह से निकलते हैं। इमामू इससे आगे कुछ भी कहने का साहस नहीं जुटा पाता।

पिछले हफ्ते दिल्ली से जगतनारायण का पत्र आया तो रायसाहब आगबबूला हो गए-

'इमामू। ओ इमामू! क्या यह जगतनारायण भी यही चाहता है कि मैं उससे सदा-सदा के लिए संबंध तोड़ लूँ?'

'क्या हुआ सरकार?' इमामू नम्रतापूर्वक पूछता है।

'नालायक लिखता है, दीदी ने कुछ बुरा नहीं किया था। अब वह इतने सुख से है कि आप उसकी कल्पना भी नहीं कर सकते। क्या हुआ जो उसने एक ऐसी जाति के युवक से प्रेम-विवाह कर लिया, जिसे आप नीच समझते हैं। आप लोग अगर अब भी अपनी मान्यताएँ नहीं बदलेंगे तो आज की पीढ़ी से आपका रिश्ता बिल्कुल टूट जाएगा-'

'मूर्ख मुझे सबक पढ़ाने चला है। इन बूढ़ी आंखों ने दुनिया देखी है।' रायसाहब बुदबुदाए और कैटी की पीठ पर हाथ फेरने लगे। लंबी जंजीर से बँधी कुतिया की आँखों में प्यार की जोत जगी और वह उनके और निकट आ गई।

'उस नीच लड़की से यह कैटी अच्छी है, जिसे अच्छे-बुरे की पहचान है और वह-' अपने-आपसे वार्तालाप करने की मुद्रा में वह धीरे से बुदबुदाए।

इमामू अगले आदेश की प्रतीक्षा में अब भी दहजीज पर खड़ा था-रायसाहब ने उसकी ओर देखा और बोले, 'पागल लिखता है, इंसान-इंसान के खून में कोई अंतर नहीं है। खून पवित्र-अपवित्र नहीं होता। विज्ञान आपकी मान्यताओं को झुठला चुका है।'

इमामू चुपचाप रायबहादुर की ओर देखता रहा। वह नहीं समझ पा रहा था कि रायसाहब इस समय उससे क्या चाहते हैं!

'पागल इतना नहीं जानता लोग मुर्गी पालते हैं तो भी उसकी जाति देख लेते हैं, आदमी तो फिर आदमी है।' रायसाहब ने गंभीर स्वर में कहा और कैटी की गरदन पर हाथ रखकर पुचकारने लगे।

इस वर्ष कार्तिक का महीना आया तो पिछले वर्ष की भांति रायबहादुर की उलझन बढ़ गई। कार्तिक का महीना आते ही न जाने कहाँ-कहाँ के गंदे और घटिया कुत्ते रायसाहब का दरवाजा घेर लेते और हूं-हूं करके कैटी जैसे उच्च जाति के जानवर को मोहित करने की कोशिश करने लगते। इन दिनों रायसाहब के स्वभाव में चिंता के साथ गुस्सा भी बढ़ जाता। वह बार-बार इमामू को आदेश देते कि बाहर का कोई भी कुत्ता अंदर प्रवेश न करने पाए।

इस वर्ष समय आने से पूर्व ही रायसाहब ने कैटी के गले में पुराने पट्टे के स्थान पर नया पट्टा डाल दिया और जंजीर भी पहले से अधिक मजबूत और नई थी। सावधानी के तौर पर रायसाहब आजकल कैटी को अपने साथ टहलाने भी नहीं ले जाते थे, पिछले वर्ष का अनुभव उन्हें याद था। कैटी के साथ मुहल्ले-भर के कुत्ते लग लेते और कई बार तो कैटी स्वयं भी उनके हाथ से जंजीर छुड़ाने की कोशिश करती।

एक बार कैटी की इस नासमझी पर उन्हें बहुत क्रोध आया था और साथ ही याद आई थी, उन्हें शकुंतला की नासमझी। जून की शाम थी गर्मी बहुत थी। वे

खस के भीगे पदों के पीछे दीवानखाने में बैठे बढ़िया जाति के कुत्तों की एलबम देख रहे थे। शकुंतला उनके पास आ गई थी। रायसाहब ने निश्चित भाव से बेटी की ओर देखा था। वह सबकुछ वे विष के घूँट की तरह पी गए थे, ऐसा जिसे सुनने के लिए वह तैयार नहीं थे।

आज भी बार-बार शकुंतला की वह आवाज उनके कानों में गूँजती है, 'मैंने सत्यवीर आर्य से शादी करने का फैसला कर लिया है और मेरा फैसला अंतिम है।'

'यह तुम कह रही हो! तुम?' रायसाहब चीखे थे- 'उससे जो मेरी जूतियों में पलकर बड़ा हुआ है?'

रायसाहब देर तक सोचते रहे। क्या पच्चीस वर्ष की अवस्था इतनी अधिक होती है कि युवतियाँ अपनी शादी का निर्णय स्वयं करने पर विवश हो जाएँ। क्या अब इस पीढ़ी में अपने रक्त, अपने गोत्र की ग्रहचान नहीं रही है। क्या ये सब पागल हो गए हैं, पागल।

एक सवाल था रायबहादुर के सामने जिसका कोई हल उनके पास नहीं था। आखिर वह हुआ जिसकी आशा उन्हें नहीं थी। शकुंतला चली गई-इस घर को सदा के लिए छोड़कर और तब रायसाहब ने जीवन-भर के लिए अपने द्वार उसके लिए बंद कर दिए।

यह सब एक दुःखद घटना की तरह कभी-कभी उनके स्मृतिपटल पर उभरता है और तब वह और भी अधिक चिंतित हो जाते हैं।

आज रात सोने से पूर्व रायसाहब ने भलीप्रकार हवेली की उन सारी जगहों को देख लिया था, जहाँ से बाहर का कोई कुत्ता अंदर प्रवेश कर सकता था। उन्होंने इमामू को हुक्म दिया था कि वह बाहर ड्योढ़ी पर चौकस सोए। बैठक में जाने से पहले रायसाहब ने कैटी के गले की जंजीर खोली और रोज की भांति हवेली की सुरक्षा का भार कैटी पर छोड़कर आराम से लेट गए।

नींद अभी उनकी आँखों के निकट नहीं आई थी कि मुहल्ले के गंदे घटिया कुत्तों की हूं-हूं की आवाज उनके कानों तक आई। वे दीवार के पास खड़े होकर कैटी को अपनी ओर आकर्षित करने का प्रयास कर रहे थे। रायसाहब ने देखा

कि कैटी बेचैनी से छत पर टहल रही थी, लेकिन वह निश्चित थे। उन्हें कैटी पर विश्वास था और अपनी सुरक्षा-व्यवस्था पर भी।

तभी जोर की आवाज हुई।

रायसाहब उठे, बाहर गए, देखा इमामू ड्योढ़ी पर बेखूबर पड़ा सोया था और कैटी चार-पाँच कुत्तों के बीच खड़ी दुम हिला रही थी। वह छत से कूदकर नीचे आई थी।

रायबहादुर का खून खौल उठा।

अगले ही पल एक और धमाका हुआ।

रायबहादुर की बंदूक से गोली निकली और कैटी की छाती को छेदती हुई बाहर निकल गई।

आज रायबहादुर प्रतापनारायण सिंह नितांत अकेले हैं और उनके मन में उन कुत्तों के लिए तीव्र घृणा है, जो अपना वंश अपना रक्त नहीं पहचानते।

हवेली में एक अस्तित्व और कम हो गया कैटी का। एक बाँध और टूट गया है, सुरक्षा का।

रायबहादुर प्रतापनारायण सिंह आज अकेले हैं और प्रतीक्षा कर रहे हैं, उस ऋतु की जो अब लौटकर आनेवाली नहीं है।

* * *

10

फरिश्ता

चार दिन बाद करू! में दो घंटे की ढील दी गई तो वे दोनों दोस्त हुसैन के घर इकट्ठे हुए। पिछले चार दिन के दौरान कोई भी एक-दूसरे का हाल नहीं जान सका था। कौन किस हालत में था, जिंदा था या मारा जा चुका था, किसी को किसी का पता नहीं था।

जब शहर में दंगा भड़का और दंगाइयों को देखते ही गोली मारने के आदेश के साथ-साथ अनिश्चितकालीन कर्फ्यू लागू करने की घोषणा की गई तब जो जहाँ था, वहीं रह गया।

शहर पर या तो पुलिस का राज था, अथवा दंगाइयों का। तीनों एक-दूसरे के बारे में चिंतित थे, लेकिन कोई ऐसा तरीका दिखाई नहीं दे रहा था कि वे एक-दूसरे की कुशलता जान सकते। दोनों दोस्तों को हुसैन के बारे में अधिक चिंता थी, जहाँ दंगाइयों से उसका बच निकलना एक अजूबा ही था।

विनोद ने देखा कि हुसैन बहुत थका-थका-सा है, बिल्कुल निढाल-सा। जैसे कई-कई रातों से एक पल को न सोया हो। आँखें लाल थीं, और पलकें सूजकर मोटी हो गई थीं। चेहरे पर हलका पीलापन छाया हुआ था।

'कैसे हो यार!' विनोद भावुक होकर हुसैन से चिपट गया था। लेकिन उसे आगे कुछ भी पूछने का साहस नहीं हो रहा था।

विनोद ने देखा कि हुसैन की आंखों में आँसू हैं और ओठ कुछ कहने को फड़फड़ा रहे हैं, लेकिन वह कुछ कह नहीं पा रहा है, मानो शब्दों ने उसका साथ देने से इंकार कर दिया हो।

तीनों ड्राइंग रूम में आमने-सामने बिछी कुर्सियों पर बैठ गए। शाहिदा आहट सुनकर बाहर आई तो दोनों ने उसका अभिवादन किया। वह चुप थी। ऐसा लगता था जैसे उसके चेहरे पर छाई रहनेवाली ताजगी उससे रूठकर कहीं दूर चली गई हो।

हुसैन ने उससे तीन कप चाय लाने के लिए कहा और एक टूटे-थके व्यक्ति की तरह सामने रखी मेज पर पाँव फैला दिए।

अभी सुबह के दस बजे थे और कर्फ्यू में दो घंटे की ढील दी गई थी। इसके बावजूद लोग सड़कों पर नहीं निकले थे। पुलिस की गाड़ियाँ हार्न बजाती हुई इधर-से-उधर गुजर रही थीं। राहत-सामग्री बाँटनेवाली गाड़ी मुहल्ले में आ गई थी। उसके चारों तरफ लोगों की भीड़ इकट्ठी थी। ये वे लोग थे जिन्हें पिछले चार दिन घोर अभाव में और संकट के बीच काटने पड़े थे।

शाहिदा चाय लेकर आई। मेज पर चाय रखकर उसने विनोद से प्रश्न किया, 'तुम यहाँ कैसे पहुँचे? रास्ते में तो पठानों का मुहल्ला पड़ता है डर नहीं लगा तुम्हें?'

विनोद ने गंभीर मुद्रा में शाहिदा को देखा और कहा, 'डर तो बहुत लगा पर भाभी प्रेम का भाव डर की भावना से अधिक प्रबल होता है। हम दोनों यहाँ पहुँच ही गए। राकेश तो एक बार हिम्मत हार बैठा था, फिर भी आ ही गया।'

हुसैन अब तक आँखें मूँदे चुपचाप बैठा था। उसने पैर सिकोड़े और सीधा होकर बैठ गया। शब्द अब उसका साथ दे रहे थे। विनोद और राकेश को संबोधित करते हुए हुसैन ने अपने मौन को तोड़ा, 'कैसी अजीब बात है। आदमी अपने ही जैसे आदमियों से डरता है। उन आदमियों से भी जिन्हें वह जानता है, जिनके साथ उठता-बैठता आया है; जिन्हें वह पहचानता ही नहीं जानता भी है।'

'हाँ हुसैन दुःख की बात तो यही है।' राकेश ने अपनी प्रतिक्रिया व्यक्त की, 'जब हम पठानों के मुहल्ले तक आए तो गली के नुक्कड़ पर कुछ लोगों को खड़ा हुआ देखकर सहम गए। वैसे तो सब जाने-पहचाने थे लेकिन हमें लगा कि वे पलक झपकते ही हम पर हमला कर सकते हैं। जब मिद्दा पहलवान आगे बढ़ा तो मेरी तो जान ही निकल गई। मुझे लगा कि अभी एक तेज चमकदार छुरी मेरी

छाती के पार हो जाएगी; लेकिन मिद्दा आगे बढ़कर बराबर वाली गली में मुड़ गया। '

'हाँ राजेश ट्रेजडी तो यही हुई है। लोगों में विश्वास नहीं रहा है, भरोसा उठ गया है उनके मन से, और यह इतना बड़ा नुकसान हुआ है कि उसकी भरपाई खुदा जाने कब होगी।' हुसैन ने धीरे-धीरे अपनी बात पूरी की और चाय सिप करने लगा।

'पर तुम तो ठीक रहे? तुम्हारी चिंता ने मुझे नींद से कोसों दूर रखा।' विनोद ने पूछा।

विनोद के इस प्रश्न का हुसैन ने कोई उत्तर नहीं दिया। वह एकदम चुप बैठा था बुत-जैसा। जैसे उसने कुछ भी सुना ही न हो।

'हुसैन लगता है, तुम कुछ छिपा रहे हो। कैसे रहे तुम! तुम जिस हाते में रहते हो, वहाँ तुम सबसे अकेले थे। तुम्हारे संप्रदाय का कोई और व्यक्ति यहाँ नहीं रहता।' राकेश ने हुसैन को कुरेदा, 'हमें डर था कि तुम और तुम्हारा परिवार शायद ही जीवित मिले। बताओ क्या कुछ गुजरा यहाँ पर?'

जैसे-तैसे हुसैन के शब्द होंठों तक आए। उसकी गंभीरता उसकी पीड़ा को खुद बता रही थी। धीरे-धीरे हुसैन ने कहा 'मुझसे क्या पूछते हो राकेश! मुझ पर इतना भयानक कुछ नहीं गुजरा, जितना इस पूरे शहर पर गुजरा है। सुना है, पूरा बाजार राख का ढेर हो गया है। सजी हुई दुकानें भूतों का डेरा बनी खड़ी हैं। सब्जी मंडी श्मशान बन गई है। बड़वान और बकली में भीषण नरसंहार हुआ है।' हुसैन की आवाज लड़खड़ा गई। आँखों की कोसे पर गीलापन उभर आया।

'हाँ हुसैन, हम उधर से होकर आए हैं। तुम देखो तो पहचान नहीं पाओगे कि यह तुम्हारा वही शहर है, जो कुछ दिन पहले था। गरीबों के खोखे तक नहीं छोड़े इन शैतानों ने।' राकेश को शहर का पूरा कोण देने की हिम्मत नहीं हुई। वह चुप हो गया।

'सुना है हुसैन, तुम पर भी हमला हुआ था।' विनोद ने पूछा।

'हाँ, ठीक सुना है तुमने।'

'फिर।'

'फिर क्या! मैं कैसे बच गया? यही ना! मुझे भी एक अजूबा लगता है, सबकुछ। हैरत होती है। मैं तो अब भी कई बार अपने को छूकर देखता हूँ- क्या सचमुच जीवित हूँ। मेरी पत्नी और मेरे बच्चे क्या सचमुच जीवित हैं और क्या मैं वाकई तुम दोनों के बीच बैठा बात कर रहा हूँ।' हुसैन ने मौत के मुँह से अचानक बच जानेवाले आदमी की तरह उत्तर दिया।

'लेकिन राकेश भाई, यह भी उतना ही सच है कि इस हाते के मालिक बूढ़े राजेंद्रपाल यहाँ न होते तो हम सब जरूर मार दिए गए होते।'

अपनी दुःख-गाथा सुनाने की पहल करते हुए शाहिदा बोली, 'यही आ व्यक्ति हमें अपमान और मौत से बचानेवाला फरिश्ता बन गया।'

'कैसे!' विनोद के मन में जिज्ञासा पंख फैला रही थी।

'दरअसल हमें शक ही नहीं था कि इस हवेली में भी कुछ गड़बड़ हो सकती है। शक होता भी तो कैसे! हम लोग कई वर्षों से एक परिवार की तरह रहते आए हैं। कभी कोई फर्क महसूस नहीं हुआ।'

'फिर!' राकेश सारी बात एकबारगी जान लेना चाहता था।

'तुम्हें तो पता ही है कि हमारे बराबर नौबहारसिंह का परिवार है। सामने चौधरी मलखानसिंह रहते हैं। सब इस प्यार से रहते आए थे मानो एक ही परिवार के लोग हों।' हुसैन ने एक गहरी साँस ली और अपने को सँभालने का प्रयास किया।

शाहिदा चुपचाप इन सबके वार्तालाप को सुन रही थी। जब हुसैन चुप हुआ तो शाहिदा ने कहना आरंभ किया। उसके स्वर में कंपन भी था और रोष भी- 'पर उस पल तो मेरी आँखों के सामने अँधेरा छा गया।

'क्या हुआ भाभी!' राकेश ने बीच में बात काटते हुए पूछा।

'जब मुझे पता लगा कि मेरी बड़ी बेटी को अगुआ करने की साजिश हो चुकी है...।' इतना कहते-कहते शाहिदा फूट-फूटकर रोने लगी। तीनों ने उसे चुप कराने की कोशिश की। उसे सांत्वना दी।

विनोद और राकेश दोनों परेशान हो उठे थे। उन्हें लग रहा था कि वे भी इस षड्यंत्र के अंग हों। उनका मन उन्हें कोस रहा था। क्या और कैसे हुआ के भाव

उनके चेहरे पर उभर रहे थे। दोनों एक साथ बोल उठे- 'तुम्हें कैसे पता लगा? किसने बताया?'

'दंगा जिस दिन भड़का मैं अपने घर पर ही था। बाहर से शोर सुनाई दिया तो मैंने कमरे से बाहर निकलकर देखा। चारों ओर धुआँ आसमान की ओर लपक रहा था। रुक-रुककर गोलियाँ चलने की आवाजें आ रही थीं। बम फट रहे थे। नारे लग रहे थे। मेरी पत्नी अब तक निश्चित भाव से हैंडपंप के पास बैठकर कपड़े धो रही थी। शोर सुनकर वह घबरा गई और बच्चों को एक कमरे में भेज दिया।' हुसैन ने उस दिन की घटना का विवरण देते हुए कहा।

अब तक शाहिदा अपने को सँभाल चुकी थी। हुसैन की बात को आगे बढ़ाते हुए उसने बताया- 'कमरे में मेरा मन नहीं लगा। आवाजें लगातार आ रही थीं। जो कुछ घट रहा था उसे भाँपने के लिए मैं गिन में आ गई। हवेली में रहनेवालों की गतिविधियाँ अचानक तेज हो गई थीं। औरतें, बच्चे, आदमी सब हवेली की आठ फुट ऊँची छत पर चढ़ गए थे। अपने बचाव के लिए उन्होंने ईंट-पत्थर जमा करने शुरू कर दिए थे। तभी पुलिस की गाड़ी घोषणा करते हुए गुजरी- 'शहर में दंगा भड़क उठा है। प्रशासन ने दंगाइयों को देखते ही गोली मारने के आदेश दे दिए हैं। अनिश्चितकाल के लिए कर्फ्यू लगा दिया है कोई आदमी घर से बाहर न निकले।' इस घोषणा का कितना असर हुआ यह तो पता नहीं, लेकिन तभी बराबर में रहनेवाले नौबहारसिंह दफ्तर से घर आए। उन्होंने बताया कि जुलूस पर पथराव के साथ-साथ शहर में दंगा भड़क उठा है। चारों तरफ आग लगी हुई है, दुकानें जल रही हैं मकान जल रहे हैं। स्कूटर और कारें ईंधन बनी सड़कों पर पड़ी हैं। जुलूस में शामिल दो हिंदू औरतों औरतों का अपहरण कर लिया गया है।'

आगे की बात हुसैन ने बताई, 'मुझे लगा जैसे नौबहार के तेवर आज बिकुल बदल गए हैं। उसके चेहरे पर तनाव था, आवाज में कठोरता। शायद इसी तरह का अनुभव हवेली के मालिक राजेंद्रपाल सिंह को हुआ हो। उन्हें नौबहारसिंह द्वारा बताए समाचार पर विश्वास नहीं हुआ। वे बोले- 'ऐसा नहीं हो

सकता। यह संभव नहीं है। इतने बड़े जुलूस में से दो औरतों को गुंडे उठाकर नहीं ले जा सकते। पुलिस भी होगी और फिर औरतें कागज का टुकड़ा तो नहीं थीं कि मोड़कर जेब में रख लीं।'

'किंतु राजेंद्रपाल सिंह का यह तर्क कारगर नहीं हुआ। कुछ ही देर में यह अफवाह पूरी हवेली और आस-पास के घरों में फैल गई। मैं सहमा हुआ था किंतु मुझे विश्वास नहीं होता था कि इस अफवाह की इतनी तेज प्रतिक्रिया होगी और उन्माद में लोग अनहुई घटना का बदला लेने की ठान लेंगे।' इतना कहते-कहते हुसैन की आवाज भर्रा गई।

सब चुप थे। माहौल में भारीपन छा गया था। सबकी निगाहें झुकी हुई थीं। सब हैरान थे।

शाहिदा ने घटना के सिलसिले को आगे बढ़ाया- 'इस बीच मेरा लड़का बाहर से दौड़ता हुआ आया। पता नहीं वह कैसे कमरे से निकलकर पड़ोस के घर में पहुँच गया था।

'वह हाँफ रहा था।'

'क्या हुआ?' मैंने उससे इतना- भर पूछा।

'माँ वे आपा के बारे में कुछ कह रहे थे।'

'क्या कह रहे थे? जल्दी से बता।' मैंने कहा।

'सामनेवाली आटी के घर राजन कह रहा था- बदले में हुसैन की लड़की को उठा लो।'

'अली हसन अभी छोटा है। वहाँ जमा भीड़ में से किसी ने उसकी तरफ ध्यान नहीं दिया।

शाहिदा चुप हो गई और रूमाल से अपने आँसू पोंछने लगी।

'यह पहली मौत थी राकेश जिसके आतंक से हमें उस शाम गुजरना पड़ा। मैंने मकान मालिक से कहा- 'मैं खतरे में हूँ। मेरी बेटी को उठा लेने की साजिश हो रही है।'

'मेरा स्वर लड़खड़ा रहा था। जैसे-तैसे मैंने उन्हें सारी बात बताई। सत्तर साल का हा राजेंद्रपाल अपनी जगह शांत बैठा रहा, बिल्कुल उस चट्टान की तरह

अडिग जो बड़े-से-बड़े तूफान में भी अपनी जगह से नहीं हिलती। उसके चेहरे पर क्रोध की एक लहर आई और फिर पल- भर में गायब हो गई।'

'वह तुमसे बदला लेंगे। उस बात का बदला जो कभी हुई ही नहीं। कमीने शैतान कहीं के! 'बूढ़े की धीमी आवाज मेरे कानों में आई और मैंने महसूस किया कि उसका धीमा स्वर शेर की गरज में परिवर्तित हो गया है।

'जब तक मैं जीवित हूँ बड़े-से-बड़ा सूरमा भी इन बच्चियों की तरफ देखने की जुर्रत नहीं कर सकता समझे। पूरे परिवार को मेरे पास भेज दो और तुम भी आ जाओ यहीं।'

'मैंने बूढ़े राजेंद्रपाल की तरफ़ देखा। उसकी आँखें लाल चिरागों की तरह रोशन थीं और चेहरे पर शूरवीरों जैसा तेज था।'

'राजेंद्रपालसिंह का परिवार इस शहर में बड़े जमींदारों में गिना जाता था। जागीर तो कब की जब्त हो गई है। हाँ उस जमाने के कई लोग अब भी उनके और उनके पिता करतारसिंह की बहादुरी के किसे अक्सर दुहराते हैं।'

'मैंने संदेह-भरी निगाह से राजेद्रपालसिंह की ओर देखा-राजपूतों जैसी दाढ़ी-मूँछें शरीर पर मांस का नाम नहीं हड्डियों का ढाँचा सोचा यह बूढ़ा आदमी मेरी सहायता क्या करेगा; लेकिन बचने का और कोई रास्ता भी तो नहीं था उस वक्त मेरे सामने।'

'इस विशाल हाते के निचले हिस्से में सबके सब किरायेदार हैं, यह तो तुम जानते ही हो विनोद लेकिन ऊपर वाली मंजिल भी, जिसमें राजेंद्रपालसिंह रहते हैं कोई सुरक्षित जगह नहीं है। चारदीवारी जगह-जगह से टूट गई है, दरवाजे कमजोर हो गए हैं। कोई भी एक झटके में दरवाजा तोड़कर ऊपर आ सकता है।'

'मैंने घबराकर अपने चारों ओर देखा। मैं समझ गया था कि मैं बिल्कुल अकेला हूँ, असुरक्षित। लेकिन बूढ़ी बाँहों का सहारा लेने के अलावा अब मेरे पास कोई चारा भी तो नहीं था।'

'मैं नीचे आया। इतनी ही देर में मेरी बड़ी बेटी भय से पीली पड़ गई थी जैसे वर्षों से रोगी हो। शाहिदा की आंखों के आँसू रुकते ही नहीं थे। यह आसमान

की ओर हाथ उठाए खुदा से दुआएँ माँग रही थी। मैंने इसकी तरफ़ देखा इसके होंठ काँप रहे थे, जैसे यह कुछ कहना चाहती हो। इससे पहले कि मैं कुछ पूछता शाहिदा खुद कहने लगी- 'बेइज्जती का वह लम्हा आने से पहले मैं अपने बच्चों को लेकर छत से कूद जाती हूँ। गुंडों के हाथों बेइज्जत होने से बच जाएँगे हम-।'

'खुदकुशी करोगी आत्महत्या-!' निराशा भरे लहजे में मैंने उससे पूछा।

तभी के राजेंद्रपालसिंह के आने की आहट हुई। वे हम सबको लेकर हवेली की ऊपरी मंजिल में पहुँच गए।

वह रात संकट से भरी हुई थी। एक पल को आँख नहीं झपकी। नींद कैसे आ सकती थी! रुक-रुक कर बम फटने और गोलियाँ चलने की आवाजें आती रहीं। थम- थम कर शोर मचता- नारे सुनाई देते- 'नारा-ए-तकबीर अल्लाहो अकबर' 'हर-हर महादेव, जय बजरंग बली की।'

उस रात हम लोगों के साथ यह बूढ़ा फरिश्ता भी जागता रहा ताकि शैतानों को हम लोगों तक आने से रोक सके।

एक-एक पल रात बीती। सुबह आज की ही तरह उजली थी। पंछी उसी तरह चहचहा रहे थे, जैसे पहले चहचहाया करते थे। आदमी की दरिंदगी का प्रभाव शायद उन पर नहीं पड़ा था। हमने हवेली की निचली मंजिल में आकर देखा। सबकुछ सामान्य-सा लगा। लेकिन माहौल में कोई तनाव-सा था। पड़ोसियों के अंदर कुछ टूट-सा गया था। कोई चीज बदल-सी गई थी। राजेंद्रपालसिंह शांत थे। उनके चेहरे पर घबराहट का कोई चिह्न नहीं था। तभी अचानक चारदीवारी के बाहर एक तेज धमाका हुआ शोर मचा।

'मार लो, मार लो, या अली, हर-हर महादेव।' सारे लोग फिर से छत पर चढ़ गए। पड़ोस के कच्चे घरों में आग के शोले भड़कने लगे, सामान लूटा जाने लगा। हवेली के बड़े दरवाजे पर उत्तेजित लोगों की भीड़ इकट्ठी हो गई।

शोर मचा-

'दरवाजा खोलो खोलो दरवाजा।'

'मैं खौफ से पीला पड़ गया। मौत सामने थी और उससे बचने का कोई उपाय मेरे पास नहीं था। तभी किसी महिला ने हवेली का दरवाजा खोल दिया। भीड़ अंदर घुस आई। मौत मेरे कानों पर दस्तक दे रही थी।'

'मैंने राजेंद्रपालसिंह की तरफ देखा। वहाँ अब भी कोई हलचल नहीं थी। भीड़ आगे बड़ी। लोगों के हाथों में लाठी, डंडे और बरछियाँ थीं। मैं सहमकर बदामदे की दीवार की ओट में खड़ा हो गया। भीड़ और पास आ गई।'

शोर बढ़ रहा था, नारे तेज हो रहे थे। अचानक आ फरिश्ता बाघ जैसी अंगड़ाई लेकर खड़ा हुआ और अपने फेफड़ों की पूरी ताकत से दहाड़ा- 'आगे मत बड़ों। हुसैन तक पहुँचने के लिए तुम्हें मेरी लाश से गुजरना होगा। हथियार डाल दो।'

ललकार इतनी प्रबल थी, इतनी शक्तिशाली थी कि बलवाइयों का साहस छूट गया। क्षण-भर वे स्तब्ध खड़े रहे और फिर धीरे-धीरे बाहर निकल गए। मौत मेरे कानों पर दस्तक देकर वापस चली गई।

अब सोचता हूँ विनोद, हड्डियों के ढाँचे की यह शारीरिक ताकत नहीं थी, नैतिक शक्ति थी, मानवीय बल था यह, जिसने मुझे बचाया। गुंडे बुजदिल होते हैं। नैतिक बल उनके पास नहीं होता। इंसानियत की एक ललकार उनके हौसले पस्त कर देती है। बात यह है विनोद कि समाज में पाशविकता कभी-कभी इसलिए बढ़ जाती है कि मानवता क्षीण होने लगती है। हमें ऐसा नहीं होने देना है।'

'तुम ठीक कहते हो हुसैन।' राकेश गर्व से बोला, 'लेकिन क्या तुमने उस पल एक और बात सोची थी?'

'क्या?' हुसैन ने पूछा।

'बड़ा मामूली-सा सवाल है। पर है बड़ा जरूरी। 'राकेश बोला।

'क्या?' हुसैन ने फिर पूछा।

'यदि उस बूढ़े व्यक्ति पर जो तुम्हारी रक्षा कर रहा था, हमला हो जाता तो तुम क्या करते? तुम उसे कैसे बचाते?'

'नहीं मैंने नहीं सोचा। मैं सोचने की हालत में था भी नहीं। लेकिन मुझे सोचना चाहिए था, सोचना चाहिए था मुझे-मैं स्वीकार करता हूँ।'

तभी बूढ़ा राजेंद्रपालसिंह उधर आता हुआ दिखाई दिया। वे तीनों उसके स्वागत में खड़े हो गए।

* * *

11

अतीत

'जनरल वार्ड के बैड नंबर पाँच पर वह जो एक मरीज था, पिछले महीने, पंकज श्रीवास्तव, क्या तुम्हें उसकी याद है, सविता सिस्टर?' मैरीना स्मिथ ने अंपनी साथी नर्स से कुछ शर्मीले भाव से पूछा।

दोनों नर्सें डाक्टर के साथ राउंड लेकर लौटी थीं और साइड में बने छोटे-से केबिन में अवकाश के क्षण व्यतीत करने के लिए वार्तालाप कर रही थीं। ग्यारह बजे थे। बराबर-बराबर और आमने-सामने बिछे हुए बिस्तर विचित्र-सा उदास करनेवाला दृश्य उत्पन्न कर रहे थे। सभी रोगी अपने-अपने बिस्तरों पर चुप थे। कभी-कभी किसी मरीज के खाँसने की आवाज वातावरण की निस्तब्धता को तोड़ जाती थी। प्रत्येक बैड के सिरहाने लगा हुआ चार्ट उस पर लेटे मरीज की कहानी कह रहा था। अस्पताल की दुनिया उस दुनिया से अलग थी जहाँ दुःख और बीमारियाँ पलती हैं और जहाँ मृत्यु जीवन के गले में बाँहें डाले हर समय हँसती हुई दिखाई देती है।

मैरी की बात सुनकर सविता ने आश्चर्य- भरी निगाहों से उसकी ओर देखा और कहा, 'तुम किस पंकज की बात कर रही हो मैरी! क्या वही पंकज जो कुछ दिन पहले गैस्टिक अलसर से पीड़ित होकर यहाँ भरती हुआ था!'

'हाँ सिस्टर वही।' मैरी ने तनिक झेंपते हुए उत्तर दिया मुझे आशा थी वह फिर आएगा किंतु आया नहीं।'

'तुम्हें उसके आने की आशा क्यों थी? क्यों मैरी?'

सविता के इस सवाल से मैरी को लगा जैसे वह चोरी करते रँगे हाथों पकड़ ली गई हो। उसे तत्काल इस प्रश्न का कोई संतोषजनक उत्तर नहीं सूझा। इसलिए बोली, 'वह तो आप जानती हैं ना सिस्टर, गैस्टिक अलसर मरीज को बार-बार

डाक्टर के पास आने के लिए विवश करता है। ऐसा मरीज निश्चिंत होकर नहीं बैठ सकता।'

'पर मैरी, मुझे तो दाल में कुछ काला-सा दिखाई देता है। धरती चिकनी हो तो तुम जैसी लड़कियों आसानी से फिसल जाती हैं। मैं भी इस उम्र में एक बार फिसली थी।'

'कहाँ फिसली थीं?' मैरी ने जिज्ञासापूर्वक पूछा।

'पर पहले तुम यह बताओ मैरी पंकज ने तुम्हें कब और कैसे मोहित कर लिया था कि इतने दिनों बाद भी तुम उसे याद कर रही हो?'

'मोहित उसने नहीं किया था, मैं स्वयं ही हो गई थी।' मैरी ने अपने मन के भेद को अधिक देर छिपाए नहीं रखा। मानो वह अपनी बात बताने को स्वयं उतावली हो रही हो। काँटा चुभता है तो उसकी पीड़ा से सिसकी अधरों पर आ ही जाती है; और फिर युवक-युवतियाँ तो यों भी जब दर्द पालते हैं तो दर्द बेटा-नेवाला भी ढूँढ लेते हैं, स्वाभाविक विवशता है यह उनकी।

केबिन के सामनेवाले रोगी को अचानक तेज खाँसी उठी तो सविता दौड़कर उसके पास गई। कुछ देर मरीज की छाती को सहलाया दवा पिलायी और फिर अपनी कुर्सी पर आ बैठी। मैरी अब भी उदास और चुप थी। सविता ने फिर उसके भीतर टटोलने का प्रयास किया, 'हाँ तो मैरी तुम्हारा प्रेम-प्रसंग कहाँ तक पहुँचा था?'

'कहीं तक भी नहीं सिस्टर बस मेरी हद तक।'

'तुम्हारी हद तक? क्या मतलब? क्या उसकी तरफ से कोई रिस्पांस नहीं मिला तुम्हें?'

सविता के इस सवाल का मैरीना स्मिथ के पास शायद कोई उत्तर नहीं था। वह चुप रही।

सविता उसे कुरेदती रही, 'मैं देखती तो थी कि तुम पंकज में जरूरत से ज्यादा दिलचस्पी ले रही हो। समय-असमय उसी के बैड के आस-पास मँडराती

दिखाई देती थीं। सिर दबातीं, मालिश करतीं, यानी वह सब भी करती थीं, जो एक नर्स की ड्यूटी में शामिल नहीं है।'

'हाँ सिस्टर, मुझे भी डर लगा रहता था कि कहीं कोई मेरे इस व्यवहार को गलत मायने न देने लगे।'

'गलत क्यों सही मायने कहो। क्योंकि जो कुछ तुम कर रही थीं उसे देखकर कोई भी तुम्हारे मनोभाव तक आसानी से पहुँच सकता था।' सविता ने उसके मन का चोर पकड़ ही लिया।

'हाँ सिस्टर यह सच है। मुझे वह युवक अच्छा लगने लगा था। पहली बार कोई मुझे इतना अच्छा लगा था।'

'यह तो ठीक है। लेकिन मैरी तुमने कभी अपने मन की बात भी कही उससे?' सविता ने पूछा।

'हाँ सिस्टर' मैरी ने उत्तर दिया शब्दों में नहीं अपने भाव और व्यवहार में अपने चेहरे की प्यास और आँखों के बुलावे में।'

'तब तो तुम भी कुछ पागल कम नहीं हो मैरी।' सविता ने झिड़की जैसे अंदाज में उससे कहा, 'तुम नहीं जानतीं मैरी। युवक आँखों की नहीं शब्दों की भाषा ही समझते हैं। यहाँ महसूस करना ही काफी नहीं होता, दिखाना भी जरूरी होता है। क्या तुमने कभी कुछ लिखकर नहीं दिया पंकज श्रीवास्तव को!'

सविता ने एक ही साँस में अनेक बातें एक साथ कह दीं। मैरी स्मिथ सटपटाकर रह गई।

'नहीं सिस्टर मैंने कभी उसे कुछ लिखकर कभी नहीं दिया। कोई प्रेम-पत्र नहीं लिखा किंतु मुझे विश्वास है कि वह मेरी आँखों से झोंकनेवाली भावनाओं और मेरे कंपकंपाते अधरों से सबकुछ जान गया होगा। मुझे विश्वास था, यहाँ से जाकर वह मुझे पत्र लिखेगा, वह फिर यहाँ आएगा मेरा आभार व्यक्त करेगा उन लंबी रातों को दोहराएगा जो मैंने उसके लिए जागकर काटी थीं।'

सविता के होठों पर अनायास एक कृत्रिम हँसी नाच गई। वह बोली, 'पगली! ऐसा नहीं होता है, इस व्यावसायिक दुनिया में। कुछ लोग होते हैं, जो एकपक्षीय प्रीत किए जाते हैं और दूसरे पक्ष को इसका आभास ही नहीं होता है, जीवन- भर। शायद तुम भी ऐसे ही लोगों में से एक हो। मैं भी कभी ऐसी ही थी

मैरी। हाँ मैरीना मेरी कहानी तो तुमसे भी ज्यादा रोमांचक है।' सविता ने भूली-बिसरी यादों की राख कुरेदी।

मैरी ने पूछा, 'तुम पर क्या गुजरी थी सिस्टर मुझे बताओ।' सविता पलक झपकते ही अतीत की ओर लौट गई।

'ट्रेनिंग के दौरान मैंने कृष्ण को चाहा। कृष्ण मोहन! यह नाम कितना सुंदर कितना मनमोहक लगता था उन दिनों। मैं रात-रात भर इस नाम के राजकुमार की कल्पना में खोयी रहती। घंटों बैठकर उसे प्यार-भरे पत्र लिखा करती। ये पत्र कभी पोस्ट नहीं हो सके मैरी।'

मैरीना स्मिथ ध्यान से उसकी बात सुनती रही। वह आश्चर्यचकित थी।

'क्या सिस्टर वह कभी आपसे मिलने नहीं आया। क्या कभी अकेले में प्यार-भरी बातें नहीं कीं तुम दोनों ने?' मैरी ने गुत्थी सुलझाने का प्रयास किया।

'नहीं मैरी, ऐसा कुछ नहीं हुआ।' सविता ने हलकी हँसी के मूड में अपनी प्रेम-कथा को आगे बढ़ाया।

'तुम आश्चर्य करोगी मैरी मैंने एक हजार से भी ज्यादा पत्र लिखे होंगे उसके नाम।' सविता ने बताया, 'उन पत्रों के एक-एक शब्द में मेरे मन की पीड़ा व्यक्त होती थी। उनमें मेरी प्यासी भावनाओं को अंकित किया गया था; वे भावनाएँ जो मुझे किसी समय चैन नहीं लेने देती थीं।'

'क्या सिस्टर उस युवक ने आपके किसी पत्र का उत्तर नहीं दिया कभी?' मैरीना स्मिथ ने आश्चर्य से पूछा।

'नहीं मैरी। वे खत उस तक कभी पहुँचे ही नहीं। मैं तो केवल खत लिखती थी और उस चित्र को पूजती रहती थी, जो मेरी राय में उस युवक का था जिसे मैं चाहती थी।'

'एक और कठिनाई भी थी उन दिनों मेरे साथ। मैं इन पत्रों को बहुत सावधानी से छिपाकर रखती थी, अपने बक्स की निचली तह में। तस्वीर भी उन्हीं के साथ रहती थी। बक्स में हर समय ताला लगाए रखती। जब कभी बहुत उदास हो जाती तो अकेले में अपने पत्रों को अतीत पढ़ा-पढ़कर मन को धीरज बँधाती। उन दिनों मेरे साथ ट्रेनिंग में एक और लड़की थी सीमा राजवंशी। वह

मेरे प्रेम-प्रसंग से परिचित थी। मन बहुत बोझिल हो जाता तो मैं उससे वह सबकुछ बता देती, जो मैं महसूस कर रही थी।'

'आश्चर्य है सिस्टर! कृष्णमोहन ने कभी आपके पत्रों का उत्तर नहीं दिया कभी आपसे मिलने नहीं आया कभी एकांत में उसने आपके कोमल हाथ को अपने हाथ में लेकर साथ जीने-मरने का वादा नहीं किया फिर?'

'नहीं मैरी ऐसा कुछ नहीं हुआ। जिन दिनों की यह बात है, उन दिनों मेरी उम्र बाईस वर्ष थी। यह ऐसी उम्र होती है मैरी जब युवक-युवतियों को अपने भीतर एक खालीपन-सा अनुभव होता है और उस खालीपन को भरने के लिए कभी-कभी वे ऐसे प्रयास करते हैं कि बाद में उनके बारे में सोचकर हँसी आने लगती है।'

'तो क्या सिस्टर अपने प्रेम-जीवन पर कभी हँसी आती है आपको अब?'

'हाँ मैरी।' सविता ने लापरवाही से उत्तर दिया।

'वह युवक आपको याद भी नहीं आता अब? ' मैरी ने आश्चर्य से पूछा।

'नहीं।' सविता ने फिर उसी लापरवाही से उत्तर दिया, 'मैं अब सबकुछ भूल चुकी हूँ मैरी। विवाह से कुछ दिन पहले मैंने वे सब पत्र जला डाले थे, जो मैंने कृष्णमोहन के नाम लिखे थे। वह चित्र भी आग की भेंट चढ़ा दिया था, जिसकी मैंने लंबे समय तक पूजा की थी।'

'पर सिस्टर, यह कैसे संभव हुआ। यह कैसे संभव हुआ आपसे? लगता है आप बहुत निष्ठुर हैं।' मैरी स्मिथ का भाव कुछ ऐसा था जैसे वह सविता की बात पर विश्वास न कर रही हो।

'नहीं मैरी, मैं निष्ठुर नहीं हूँ। ये सब इसलिए संभव हुआ, क्योंकि सारा प्रेम-प्रसंग कल्पना-मात्र था। तुम्हारे पास तो एक पात्र भी है, चलता-फिरता जीवित पंकज श्रीवास्तव के रूप में। मेरे पास तो यह भी नहीं था। मैंने तो एक सुंदर-से युवक को अपनी कल्पना में अंकित कर लिया था। एक काल्पनिक चित्र बना लिया था उसका, एक फर्जी नाम रखकर प्रेमपत्र लिखती रही थी उसे।'

'लेकिन सिस्टर, आपने ऐसा क्यों किया?' मैरी स्मिथ ने वास्तविकता तक पहुँचने का प्रयास करते हुए पूछा।

'जानबूझकर नहीं किया था, मैरी। ये सब नाटक आप-ही-आप होता गया। अब सोचती हूँ तो हँसी आती है। दरअसल, युवावस्था में एक भूख-सी जाग जाती है मन के भीतर। एक खालीपन-सा उत्पन्न हो जाता है और इस खालीपन को भरने के लिए तुम जैसी युवतियाँ एकपक्षीय प्रेम करने लगती हैं किसी पंकज श्रीवास्तव से और मुझ जैसी लड़कियाँ अपनी कल्पनाओं में एक चित्र ढाल लेती हैं किसी सुंदर राजकुमार का। और जब वह खालीपन नहीं रहता तो उन सब घटनाओं को भूल जाती हैं, जो अतीत में गुजरी थीं जैसे विवाह के बाद मैं भूल गई।'

मैरी ने खाली-खाली दृष्टि से सविता की ओर देखा। उसे लगा, उसके होंठ शब्दों से वंचित हो गए हैं।

* * *

12

मर्यादा

प्रतिमा अग्रवाल!

तुमने खूब याद दिलाया। खूब लड़की थी वह, आम लड़कियों से बिलकुल अलग, विचित्र। दो वर्ष तक मेरे साथ रही एक ही सिंगिल बैडरूम वाले फ्लैट में। भगवान जाने अब कहाँ होगी वह।

अमृत रायजादा ने अपने मित्र प्रकाश के याद दिलाने पर प्रतिमा अग्रवाल के साथ गुजरे उन दिनों पर दृष्टि डाली, जो अब उसके अतीत का हिस्सा बन गए थे। अमृत दिल्ली छोड़ आया था और अपने पिता द्वारा चलाए जा रहे आढ़त के व्यवसाय में लग गया था। पिछले एक साल में अमृत को ध्यान ही न आया था कि कोई प्रतिमा अग्रवाल नाम की लड़की भी थी, जो दो साल तक उसके साथ अकेली रहती रही थी।

'वह जितनी सुंदर थी, उतनी ही साहसी भी। कुल मिलाकर वह एक अच्छी मित्र थी।' अमृत रायजादा ने प्रतिमा को मन-ही-मन याद करते हुए कहा, 'मैंने जीवन में उस-जैसी चरित्रवान लड़की नहीं देखी।'

'तो फिर तुमने उससे विवाह क्यों नहीं कर लिया?' प्रकाश ने पूछा तो रायजादा ने हँसने का कोई प्रत्यक्ष कारण न होते हुए भी जोर का ठहाका लगाया।

'विवाह के लिए तो परस्पर सहमति की जरूरत होती है, एक बात तो यह और दूसरी बात यह कि किसी भी सुंदर लड़की के संपर्क में आते ही हम लोग यह क्यों सोचने लगते हैं कि उससे विवाह कर लिया जाना चाहिए या फिर...।' प्रकाश ने अमृत रायजादा के उस वाक्य को पूरा नहीं होने दिया। स्पष्ट था कि वह

आगे क्या कहने वाला है, 'पर तुम तो उन दिनों जब एक बार दिल्ली से आए थे, मन में उससे विवाह करने की इच्छा रखते थे, और तुमने तब अपनी यह इच्छा व्यक्त भी की थी।' प्रकाश ने उसे याद दिलाया।

'हों तुम ठीक कहते हो प्रकाश।' अमृत रायजादा ने उत्तर दिया, 'तब तक मैं आम युवकों वाली मानसिकता को त्याग नहीं पाया था। मैं सोचता था प्रतिमा भी एक ऐसी ही लड़की होगी, जो अपोजिट सैक्स के प्रति जरूरत से ज्यादा संवेदनशील होती हैं, किंतु प्रतिमा अग्रवाल ऐसी नहीं थी। उन दिनों वह राष्ट्रीय स्तर के एक समाचार-पत्र की स्थानीय प्रतिनिधि थी और मैं ओबराय उद्योग समूह में काम कर रहा था। '

अमृत रायजादा ने बीते दिनों की राख में स्मृतियों की चिंगारियों को कुरेदते हुए कहा, 'जाड़ों की रात थी और दस बजे ही ऐसा लगने लगा था कि आधी रात से अधिक गुजर गई हो। सर्दियों की रात कितनी धीरे-धीरे गुजरती है। काटे नहीं कटता है समय। दोनों मित्र आमने-सामने बैठे थे। ट्यूब लाइट ने ड्राइंग रूम की हर चीज को उजला-उजला-सा कर दिया था। अमृत रायजादा ने आसपास रखी चीजों पर नजर दौड़ाई। उसे लगा जैसे उसके भीतर भी कोई ट्यूब लाइट जल उठी हो और उसके दूधिया प्रकाश में उसे प्रतिमा के साथ व्यतीत किया हुआ एक-एक पल साफ-साफ दिखाई देने लगा हो।

'वह रहने के लिए कमरा तलाश करती हुई मिली थी मुझे पहली बार।' अमृत रायजादा ने प्रतिमा को याद करते हुए कहा उन दिनों मैं एक ऐसे फ्लैट में रह रहा था जो ज्वाइंट भी था और ज्वाइंट नहीं भी था।'

'यह कैसे?' प्रकाश ने पूछा।

'यह फ्लैट, दरअसल, एक बड़े भवन का सेपरेट भाग था। ज्वाइंट इसलिए था कि इसका एक द्वार भवन के शेष भाग की ओर खुलता था और सेपरेट इसलिए कि द्वार के बंद हो जाने पर भवन से उसकी भागीदारी समाप्त हो जाती थी। बिल्डिंग का स्वामी एक सरल व्यक्ति था। परिवार के अन्य लोग भी अच्छे मिलनसार व्यक्ति थे।'

'प्रतिमा अग्रवाल पहली ही भेंट में निसंकोच मुझसे मिली थी, अजनबियों के प्रति जो झिझक-सी होती है, विशेषकर महिलाओं में, ऐसी झिझक प्रतिमा में नहीं थी। उसने बताया था कि अब तक वह किसी फैमिली में पेइंग-गैस्ट के रूप में रह रही थी। किंतु एकांत न मिलने के कारण उसका लिखने-पढ़ने का जो काम है, वह बहुत 'सफर' कर रहा है, इसीलिए अब वह एक ऐसी जगह की तलाश में है, जहाँ वह शांति के साथ लिख-पढ़ सके। मैंने ऑफर दिया कि तुम चाहो तो मेरे साथ शेयर कर सकती हो। किंतु मैं यहाँ अकेला रहता हूँ, कोई लेडी नहीं है मेरे साथ।'

'लेडी नहीं है तो क्या हुआ?' यह कहते हुए प्रतिमा की पुतलियाँ चंचलता के साथ इधर-से-उधर थिरकीं। आप आदमी ही तो हैं रायजादा जी भेड़िया तो नहीं हैं ना।' वह नि:संकोच बोली।

'लेकिन मैं साथ में पुरुष भी तो हूँ।' बिना सोचे ही मेरे मुँह से निकला।

प्रतिमा हँसी बोली, 'इससे क्या होता है। मेरे साथ रहकर भी तुम पुरुष ही रहोगे। बदल नहीं जाओगे। तुम्हारे साथ रहकर मैं भी नारी ही बनी रहूँगी बदल नहीं जाऊँगी।'

अगले दिन प्रतिमा अपना सामान और किताबें आदि लेकर मेरे फ्लैट में आ गई। भवन स्वामी को मैंने कह दिया था कि प्रतिमा मेरी निकट की संबंधी है और अब वह मेरे साथ ही रहेगी।

'अरे! यह तो बड़ी अजीब बात है, एक तनहा लड़की तुम्हारे साथ अकेली रहने के लिए आ गई।' प्रकाश ने आश्चर्य व्यक्त करते हुए अमृत रायजादा से कहा।

'पहली बार मुझे भी बड़ी विचित्र-सी लगी थी यह घटना। कल्पना करो कि एक युवा लड़की कमरे में तुम्हारे साथ अकेली हो और तुम उसे पाने के लिए उतावले न हो रहे हो, क्या यह संभव है!' अमृत से प्रतिमा की संगत का पहला अनुभव बताते हुए प्रकाश से कहा।

'तो फिर ऐसे में क्या किया तुमने!' प्रकाश ने उतावलेपन से पूछा, 'अमृत ने आंखें मूँद लीं, जैसे वह स्मृतियों को एकत्र करने की चेष्टा कर रहा हो। कुछ क्षण

बाद वह धीमे स्वर में बोला, 'उस रात मैं सो नहीं सका। पहले तो हम देर रात तक इधर-उधर की बातें करते रहे; राजनीति की साहित्य की संगीत की अपने-अपने परिवारों की शिक्षा की अपनी- अपनी रुचियों की। इस बीच प्रतिमा ने दो बार चाय बनाई। चाय की चुस्कियों के साथ भी हम वार्ता करते रहे। एक बजे के लगभग उसने सोने के लिए आँखें मूँद लीं मैं भी करवट लेकर लेट गया। पर कोशिश करने के बावजूद सो नहीं सका। जवान लड़की पास हो तो नींद कैसे आ सकती है, प्रकाश?'

'करीब-करीब ठीक कहते हो तुम।' प्रकाश ने अमृत से सहमति व्यक्त की ' लेकिन प्रतिमा तो सो गई होगी आराम से?' प्रकाश ने पूछा।

'हाँ।' अमृत ने बताया। सुबह प्रतिमा के जागने पर मैंने उससे कहा, 'रात में मैं सो नहीं सका हूँ, प्रतिमा जागता रहा सारी रात?'

जवाब में वह धीरे से मुस्कराई। बोली, 'मैं जानती थी, तुम सो नहीं सकोगे, लेकिन यह भी जानती हूँ कि कुछ दिन बाद इसी तरह सोने लगोगे जिस तरह मैं सो गई थी निश्चित भाव से।'

'मैं समझा नहीं ऐसा तुम किसलिए कह रही हो प्रतिमा?' मैंने उससे पूछा।

वह फिर आकर्षक ढंग से हँसी। कहने लगी, 'मुझे मालूम था कि तुम एक जवान लड़की के साथ पहली बार कमरे में अकेले हुए हो और तुम पर वह पुरुष मानसिकता भी हावी है, जो नारी को उपयोग की वस्तु के अतिरिक्त कुछ और नहीं समझती। मैं जानती थी कि तुम नहीं सो पाओगे और बार-बार सिर उठाकर मेरे बैड की ओर देखते रहोगे। क्यों ठीक कह रही हूँ ना।'

'मैं प्रतिमा का विश्लेषण सुनकर लज्जित हो गया। मुझे लगा जैसे मैं कोई चोर हूँ और रंगे हाथों पकड़ा गया हूँ।'

'उस दिन सारी रात जागते रहने की वजह से मेरा सिर भारी था, आँखें बोझिल थीं और मैं प्रतिमा को एक युवती की तरह देखने से अपने-आपको बचा नहीं पा रहा था। लेकिन प्रतिमा शायद मेरी मन:स्थिति को भाँप गई थी। चाय सिप करते हुए चुलबुले अंदाज में बोली, 'चिंता मत करो अमृत! अगर मैं यहाँ रही तो अभी तुम्हें बहुत दिन जागकर रात काटनी होगी, तुम नहीं सो सकोगे,

क्योंकि अभी लड़कियों को पुरुष मित्रों की तरह देखने का भाव उत्पन्न नहीं हुआ है, तुममें।

मुझे प्रतिमा की बात सुनकर एक बार फिर लज्जित होना पड़ा। उसके शब्द मेरे कानों तक पहुँचे, 'धीरे-धीरे एक दिन यह भी आदत पड़ जाएगी तुम्हें।'

वह चली गई, मैं भी अपने काम पर निकल गया। रात में हम दोनों फिर उसी कमरे में एक साथ मिले।

'तब तक तो तुम्हारा विचार बदल गया होगा। उसके बारे में।' प्रकाश ने जिज्ञासापूर्वक अमृत से पूछा।

'सच कहूँ तो नहीं।' अमृत बोला, 'मेरा ख्याल था कि वह कुछ ज्यादा ही आदर्शवादी बन रही है, दिखावे के लिए। धीरे- धीरे आ जाएगी रास्ते पर।'

'तो क्या तुमने ऐसी कोई कोशिश की अगली रात।' प्रकाश ने पूछा।

'नहीं! प्रत्यक्ष रूप में नहीं।' अमृत ने उत्तर दिया, 'हम दोनों ने फिर बीते कल की भांति विभिन्न विषयों पर वार्ता शुरू की। राजनीतिक घटनाओं से शुरू करके मैं जानबूझकर उसे सैक्स के विषय पर ले आया। सोचता था ऐसा करने से उसके ऊपर चढ़ा कठोर छिलका टूट जाएगा?'

'फिर क्या हुआ?' प्रकाश ने उतावलेपन से पूछा, 'क्या सैक्स के विषय में कुछ दिलचस्पी ली उसने।'

'हाँ।' अमृत बोला, 'वह कहने लगी, सैक्स भी जीवन का एक हिस्सा है अमृत, पर पूरा जीवन नहीं है। सोचो समाज के विवाहित युगल अपनी आयु का कितना समय सैक्स-संबंधों में व्यय करते हैं। शायद साठ साल की उम्र में पूरा एक साल भी नहीं, एक ही साल मान लें तो यह भी मानना होगा कि शेष समय वे अन्य आवश्यक कार्यों को देते हैं, शारीरिक संबंधों को नहीं देते।'

'लेकिन इन दिनों फ्री सैक्स की चर्चा खूब चल रही है अल्ट्रा मॉर्डन लोगों में।' मैंने प्रतिमा से पूछा।

'हाँ, मुझे ज्ञात है।' वह लापरवाही से बोली, 'विकृत सैक्स रोगी जीवन का प्रतीक बनता जा रहा है इन दिनों, बीमार आदमी स्वाद खराब होने पर चाट

खाने में अधिक रुचि लेने लगता है। वह चाट खाता है और अपने स्वास्थ्य को और अधिक खराब कर लेता है, क्यों ठीक है ना।'

'हाँ तुम्हारी बात ठीक है प्रतिमा।' मैंने उसके विचार से सहमति व्यक्त करते हुए कहा।

वह बोली, 'पुरुष हो या नारी अभी इनमें से कोई भी स्वस्थ मानसिकता के साथ एक-दूसरे के संपर्क में रहने का अभ्यस्त नहीं हो सका है। इन दोनों के बीच चली आ रही सदियों की दूरी ने मनुष्यता को इनके लिए गौण कर दिया है, कामुकता को महत्त्वपूर्ण बना दिया है, लेकिन मेरा सवाल यह है अमृत कि जब कोई आनंदप्रकाश तुम्हारा प्रिय मित्र हो सकता है और तुम अकेले कमरे में अकेले उसके साथ सो सकते हो, तो प्रतिमा अग्रवाल तुम्हारी प्रिय मित्र क्यों नहीं हो सकती? तुम अकेले कमरे में अकेले रहकर उसके होते हुए क्यों नहीं सो सकते?'

'सवाल इतना जटिल था प्रकाश कि मैं प्रतिमा की बात का कोई जवाब नहीं दे सका। मैं उसे जान-बूझकर सैक्स के विषय पर लाया था। सोचता था, इस टॉपिक से उसके रक्त की गति तेज होगी भावनाएँ भड़केंगी पर ऐसा कुछ नहीं हुआ। वह सैक्स पर इस तरह बात करती रही, मानो बाजार में बिकनेवाली किसी सब्जी के बारे में बात कर रही हो।'

'बड़ी ही विचित्र लड़की थी वह।' प्रकाश ने अमृत रायजादा की बात सुनकर टिप्पणी की, 'रात में तुम्हारे साथ अकेली रहकर डर नहीं लगता था उसे?' प्रकाश ने पूछा।

'डर तो प्रकाश छूकर भी नहीं गया था उसे।' अमृत ने उत्तर देते हुए कहा धीरे-धीरे पूरा सप्ताह बीत गया। वह देर रात तक लिखती-पढ़ती रहती मेरे साथ गप-शप मारती। सुबह तैयार होकर निकल जाती समाचार बटोरने। लंबे कूद और गौरवर्ण की बहुत ही सुंदर लड़की थी वह, सुशील और सुसभ्य।'

आठवें-नवें दिन बोली, 'मेरा अनुमान है अमृत, रात में अब भी बहुत कम नींद आ रही होगी तुम्हें। सोचते रहते होगे ना कि किस तरह फंदे में फँसाया जाय इस चिड़िया को।' सहज भाव में अपनी बात कहकर वह जोर से हँसी। मुझे लगता है तुम्हें नार्मल होने में अभी कुछ और समय लगेगा।'

सच कहता हूँ प्रकाश मैं उसके सामने एक बार फिर लज्जित हुआ। उसको झुठलाते हुए बोला, 'ऐसा कुछ नहीं है प्रतिमा. .. मैं अब आराम से सो जाता हूँ, तुम अब कोई प्राब्लम नहीं रह गई हो मेरे लिए।'

'अपने-आपको पर्दे के पीछे रखने की कोशिश मत करो अमृत। क्योंकि पर्दे के आर-पार भी देख लेती है मेरे दृष्टि।' प्रतिमा ने फिर मुझ पर हल्की-सी चोट की। फिर बोली, 'पर मैं तुम अकेले को इस विचार के लिए दोषी नहीं मानती। सोसायटी का वातावरण ही ऐसा है। तुम न होते कोई और होता, तो वह भी अकेली लड़की की संगत में भावविहीन होकर नहीं सो सकता था, क्योंकि विकृत समाज ने जो विकृत शिक्षा हमें दी है, उसने नारी को एक मित्र की भांति देखना-समझना नहीं सिखाया।'

'मुझे लगता है अमृत, वह ये सब बातें अपने लिए सुरक्षा कवच तैयार करने के लिए कहती होगी तुमसे। क्या पता उसके मन के भीतर क्या हो?'

'नहीं तुम-लत समझ रहे हो प्रकाश। वह अपने शब्दों में इतनी ही ईमानदार थी, जितना अपने आचरण में।'

'लेकिन यह तो बताओ अमृत आखिर अंत क्या हुआ इस कहानी का।' प्रकाश ने अमृत रायजादा से पूछा।

'छः महीने से ज्यादा नहीं गुजरे थे प्रकाश, कि मुझे एक मित्र की तरह उसके साथ रहने की आदत पड़ गई। तब मुझे लगता ही नहीं था कि मेरे साथ कोई युवा लड़की रह रही है और मुझे उसके साथ किसी और तरह के संबंध बनाने की इच्छा करनी चाहिए। अब हमारी बातचीत में सैक्स का विषय लगभग समाप्त हो गया था। इस संबंध में अब कोई बात नहीं करते थे। ठीक ऐसे ही रह रहे थे, जैसे मैं और तुम एक साथ एक कमरे में रह सकते हैं।'

'तो क्या अमृत, तुमने दो साल में कभी एक बार भी उसके शरीर को छूकर नहीं देखा।' प्रकाश ने फिर अपनी स्वाभाविक पुरुष मानसिकता व्यक्त की।

अमृत धीमे से मुस्कराया। बोला, 'मित्रता के संबंध स्थापित हुए तो प्रतिमा मेरे लिए कोई पराई लड़की नहीं रह गई। मैं धीरे-धीरे उसकी उपस्थिति का

अभ्यस्त हो गया और उसके प्रति मन में पैदा होने वाले वे विचार बाकी नहीं रहे, जो आरंभ में उत्पन्न हुए थे।

'दो साल हम बहुत अच्छे दोस्तों की तरह रहे। मैं समझता हूँ, उसने ठीक कहा था कि लड़कियाँ भी पुरुषों की ऐसी ही मित्र हो सकती हैं, जैसे पुरुष पुरुष के मित्र होते हैं। बस आचरण और मानसिकता में परिवर्तन लाने की बात है।'

प्रकाश ने प्रतिमा के आचरण पर कोई टिप्पणी नहीं की। वह चुप रहा। किंतु अमृत ने उसे यह बताया कि अंतिम दिन जब मैं दिल्ली छोड़ रहा था तो प्रतिमा मुझसे चिपटकर देर तक रोती रही। उसके मोटे-मोटे आँसू गालों से बहते हुए मेरी आस्तीन भिगोते रहे। मैं बहुत मुश्किल से उसे चुप करा सका।

इतना कहकर अमृत कुछ क्षण चुप रहा। फिर बोला, 'मैं आज तक यह नहीं समझ सका प्रकाश कि ये आँसू प्रेम के थे या मित्रता के। कभी चिट्ठी लिखकर उससे यह पूछने की हिम्मत भी नहीं हुई, क्योंकि जिस मर्यादा का निर्माण प्रतिमा ने किया था कभी उसे तोड़ने का साहस जुटा ही नहीं सका मैं।'

* * *

13

कोहरा नहीं छँटेगा

'ज्ञान का बहुत सारा भंडार इकट्ठा करने के बावजूद आदमी अधिकतर मामलों में कम-से-कम अपने प्रति तो अज्ञानी ही बना रहता है, कुसुम।' शारदा ने अचानक दार्शनिकों जैसी भाषा में कुसुम से कहा तो उसने शारदा की बात को सुना और सोचा, अजीब महिला है। हर समय दर्शन ही बघारती रहती है। फिर पूछा, 'यह विचार किस कारण व्यक्त कर रही हो शारदा? क्या किसी विशेष घटना को लेकर यह ख्याल आया है तुम्हें?'

शारदा बोली, 'घटना तो कोई विशेष नहीं है, लेकिन देखती हूँ कि मनुष्य की नकेल कई बार कुछ ऐसी भावनाओं के हाथ में होती है, जिनके बारे में वह स्वयं नहीं जानता कि ये भावनाएँ मन के किस कोने में क्यों और अचानक कैसे उत्पन्न हो गईं?'

'अब बेकार में पहेलियाँ मत बुझाओ शारदा!' कुसुम ने धीरे से हँसते हुए शारदा से कहा, 'यह तो ठीक है कि आदमी बाहर की दुनिया का जितना ज्ञान प्राप्त करता जा रहा है, उतना अपने भीतर का अपनी रहस्य से भरी प्रतिक्रियाओं का नहीं। लेकिन तुम यह बात किस संदर्भ में कह रही हो मुझे तनिक खुलकर बताओ।

सात दिन तक घना कोहरा छाया रहने के बाद आज दिसंबर के अंतिम सप्ताह की धूप झिलमिलाई तो थी, लेकिन धीमी- धीमी-सी। सात दिन तक लगातार ऐसा दृश्य छाया रहा, जैसा डूबते हुए सूरज के समय होता है। कुछ पता ही नहीं चला कि अंतरिक्ष में क्या घटा कोहरे के मोटे आवरण के पीछे आकाश की दुनिया पर क्या कुछ बीता? गजब की शीत लहर थी, पुरुष और गृहणियाँ

अपने-अपने कमरों में बंद सूर्य देवता की प्रतीक्षा में हीटरों और अंगीठियों के सम्मुख बैठे रहे थे।

'आदमी किसी असामान्य स्थिति को अधिक देर तक सहन नहीं कर पाता है।' शारदा ने फिर कुसुम को संबोधित करते हुए कहा। हल्की-हल्की धूप में इस समय जितनी भी ऊर्जा थी हम दोनों उसे सोख लेने के लिए ऊपरी मंजिल की छत पर आ बैठे थे। शारदा ने अपनी कुर्सी कुसुम के थोड़ी और निकट सरकाई। वह गंभीरता- भरे स्वर में बोली, 'मौसम भी असाधारण हो जाए तो यह भी आदमी से देर तक सहन नहीं होता है। कई दिन से तो मुझे ऐसा लग रहा था, मानो सूरज कभी निकला ही नहीं था। धूप धरती पर कभी खिली ही नहीं थी। सच बहुत ऊब गई थी मैं तो।'

'मैं भी! और मैं भी क्या, शायद सारे ही लोग! बात यह है शारदा, हम लोग सामान्य स्थितियों में और सामान्य वातावरण में रहने के अभ्यस्त होते हैं। असामान्यता देर तक शेष रहे तो हमें अखरने लगती है। 'कुसुम ने आदमी के मौलिक स्वभाव की ओर संकेत करते हुए कहा।

'ऐसा ही घना कोहरा कभी-कभी आदमी के भीतर भी छा जाता है, कुसुम। तब वह अपने भीतर के असाधारण हो गए इस मौसम से परिचित न होने के कारण अपने-आपसे ही ऊबने लगता है। वह जानता ही नहीं कि उसके भीतर यह सब क्या हो रहा है, क्यों हो रहा है?' शारदा की बात फिर उलझकर एक नए मोड़ पर आकर रुक गई। कुसुम को लगा जैसे वे दोनों पहेलियों में एक-दूसरे को संबोधित करते चले जा रहे हैं। कुसुम ने सूरज की दिशा में अपनी कुर्सी को थोड़ा सरकाया। दोपहर का अभी डेढ़ बजा था। सात दिन के बाद कोहरा छँटा तो ऐसा लगा, जैसे नीला-नीला आकाश अभी- अभी कहीं से धुलघुलाकर आया हो।

'क्या तुम नहीं सोचती सात दिन के बाद कोहरा छँटा तो आकाश कैसा अच्छा कैसा नया-नया लग रहा है! 'कुसुम ने प्रसंग बदलते हुए शारदा को संबोधित किया।

'हां सोचती हूँ। पर यह भी सोचती हूँ कि आदमी के भीतर का कोहरा नहीं छँट रहा है। वह शायद कभी नहीं छँटेगा कुसुम। ' शारदा बोली।

'फिर वही आदमी।' इस बार सचमुच कुसुम के स्वर में एक झुंझलाहट-सी भर गई, 'तुम किस आदमी की चर्चा करना चाहती हो और कर नहीं पा रही हो।'

'ऐसा नहीं है कि मैं जो चर्चा करना चाहती हूँ, वह कर नहीं पा रही हूँ। पर बातचीत का क्रम जरा ढंग से शुरू तो हो।' शारदा ने धीमे से मुस्कराते हुए उत्तर दिया।

'नहीं बात को उलझाए रखना तुम्हारी आदत है, शारदा। 'एक प्रकार की संपैन्सिव टाइप की महिला हो तुम। और चाहती हो सस्पैंस बना रहे।' कुसुम ने शारदा पर हलका-सा व्यंग्य कसा।

उसने कंधों से नीचे गिर गई शाल को ऊपर सरकाया। बोली तुम उस युवती को जानती हो ना जो अभी पिछले ही वर्ष हमारे यहाँ साइकालोजी की प्रवक्ता बनकर आई है।'

'हाँ! क्यों नहीं! वही ना जिसकी आजकल तुमसे बहुत गाढ़ी छन रही है।' कुसुम ने उत्तर दिया।

'आजकल नहीं! वह बोली, 'प्रतिमा तो मुझे शुरू ही से अच्छी लगने लगी थी। वह भी मुझे शुरू से ही पसंद करती रही है। रुचियाँ और विचारधारा एक हो तो आदमी एक-दूसरे से जुड़ ही जाता है।

अचानक बर्फ जैसी सफेद मेरी पालतू बिल्ली दबे-दबे कदमों से कुसुम के निकट आई और उछलकर प्यार से उसकी गोद में बैठ गई।

'मुझे बिल्ली-जैसे ये जीव-जंतु बहुत अच्छे लगते हैं, कुसुम।' शारदा ने बिल्ली की बालों-भरी कमर पर हाथ फेरते हुए कहा, 'इनमें कोई विरोधाभास कोई जटिलता नहीं होती है, ना!'

शारदा ने बिल्ली को देखते ही बातचीत का प्रसंग फिर बदल दिया था, 'जानवर-जैसे अंदर से होते हैं, वैसे ही बाहर से पर आदमी.

कुसुम ने उसे टोका, 'बार-बार प्रसंग मत बदलो शारदा! तुम साइकोलोजी की प्रवक्ता प्रतिमा के बारे में कुछ बताना चाहती थीं, बिल्ली के बारे में नहीं।'

वह हँसकर बोली, 'बात से बात निकल आती है और तुम यह तो जानती ही हो, कुसुम कि आदमी के विचार कभी सीधी लाइन पर नहीं चलते। आदमी

बार-बार अपने विचारों का गियर बदलता रहता है, अकेले में भी और लोगों के बीच भी।'

पश्चिम से हवा का एक शीत-भरा झोंका आया तो दोनों को अपनी रीढ़ की हड्डी में सिरहन-सी महसूस हुई।

शारदा वास्तविक प्रसंग की ओर आते हुए बोली, 'वह युवक है, ना विकास वाजपेयी। वही नगरपालिका में प्रभारी अधिकारी। कल उसका रिश्ता किसी लड़की से तय हो रहा है।'

विकास का नाम सुनते ही विकास की छवि कुसुम के मस्तिष्क में उभर आई। वह एक सुंदर शिक्षित सुसभ्य युवक है। उसे पता था कि वह काफी दिनों से प्रतिमा में दिलचस्पी ले रहा था और शायद प्रतिमा भी।

'तो क्या विकास प्रतिमा से संबंध तोड़ना चाहता है?' कुसुम ने उत्सुकता के साथ शारदा से पूछा।

'अरे भई समस्या विकास की नहीं है। असल समस्या तो प्रतिमा की है।' शारदा ने फिर बात को उलझाने का प्रयास किया।

'प्रतिमा की समस्या से तुम्हारा क्या अभिप्राय है शारदा?' कुसुम ने उससे पूछा।

शारदा बोली, 'विकास आरंभ से अंत तक भ्रम में रहा। तुम तो जानती ही हो, प्रतिमा एक खुले और नि संकोच स्वभाव वाली लड़की है। कोई उसे भा जाए तो तुरंत उससे मित्रता गाँठ लेती है।'

'हाँ! यह तो मैं जानती हूँ और यह भी जानती हूँ कि विकास से प्रतिमा की पहली भेंट तुम्हारे ही घर पर हुई थी।' कुसुम ने उत्तर दिया।

'हाँ! बिल्कुल, तुमने ठीक याद दिलाया।' शारदा साल-भर पुरानी याद को स्पष्ट करते हुए बोली, 'वह पहली बार मेरे हमारे घर आया था। उस समय यहाँ प्रतिमा भी थी। परिचय हुआ तो दोनों घुल-मिलकर बातों में जुट गए और ऐसे जुटे कि शाम से रात हो गई पर वे थके नहीं।'

'और तुम चाय बनाते-बनाते थक गईं।' कुसुम ने ठिठोली करते हुए उससे कहा।

शारदा बोली, 'अरे, तुम तो यह भी जानती होगी कुसुम कि इस पहली भेंट के बाद वे अक्सर बल्कि रोज-रोज ही मिलने लगे।'

'हाँ! मैं जानती हूँ। लगता था, दोनों में गहरा प्रेमालाप चल रहा है। मुझे विश्वास था कि एक दिन ये दोनों विवाह-सूत्र में बँध ही जाएँगे। पर अब तुम कह रही हो कि विकास का रिश्ता किसी और युवती से तय हो रहा है। यह तो मेरे लिए अचरज की बात है लेकिन मेरा अचरज किसी और बात को लेकर है।' कुसुम ने कहा।

'वह क्या?' शारदा ने दो शब्दों में घटना को विस्तार से जानने का प्रयास किया।

'समझती मैं भी वही थी, जो तुम समझ रही थीं, पर बाद में यह रहस्य खुला कि विकास भ्रम में जी रहा है। वह प्रतिमा को लेकर घलतफहमी में है।'

'तुम्हें कैसे पता चला?' शारदा ने पूछा। 'एक दिन मैंने प्रतिमा को टटोला था। तुम्हारा लव एफेयर कैसा चल रहा है, विकास से?' मेरा सवाल सुनकर प्रतिमा ठहाका मारकर हँसी थी। फिर थोड़ा गंभीर होकर कहने लगी थी, 'तुम लोग भी खूब हो। बात का बतंगड़ बना लेती हो। लव एफेयर जैसा कुछ भी नहीं है भाई। विकास पड़ा-लिखा सुसभ्य युवक है। मित्रता की हद तक बहुत ठीक है। समय हो और करने के लिए कोई काम न हो तो उससे बातचीत करना अच्छा लगता है, मुझे। वह मेरा मित्र है, होनेवाला हस्बैंड नहीं।'

'क्या सच?' मैंने चौंककर प्रतिमा से पूछा था।

'हाँ! बिल्कुल सच!' प्रतिमा ने निश्चित स्वर में उत्तर दिया। पर जब मैंने उसे बताया कि विकास तुमसे विवाह करने को इच्छुक है, तो मैंने देखा कि वह बड़ी लापरवाही से हँसी थी और बोली थी- 'पागल है! मूर्ख एकदम। कैसा भ्रम पाले हुए, निराधार! फिर तो लगता है, वह भी एक सामान्य-सा युवक है, जो लड़की के संपर्क में आते ही विवाह रचाने की सोचने लगता है।'

'तो क्या इस संबंध में तुम्हारी उससे बातचीत नहीं हुई कभी?' मैंने प्रतिमा से जानना चाहा था। उत्तर में वह बोली थी 'इस विषय में मुझसे क्यों बातचीत होनी चाहिए थी। हम उसकी केवल मित्र हैं, भई केवल मित्र। क्या लड़की किसी

युवक से मित्रता नहीं कर सकती है, शारदा? क्या रूढ़िवादी लोगों की तरह तुम भी ऐसा ही सोचती हो?'

'नहीं।' मैंने संक्षिप्त-सा उत्तर दिया, 'विकास ने स्वयं ही तुमसे विवाह की इच्छा व्यक्त की थी एक दिन।'

'पगला गया है या हँसी कर रहा होगा तुमसे।' प्रतिमा ने लापरवाही से उत्तर दिया।

'फिर कई दिन तक प्रतिमा मुझे नहीं मिली। विकास भी नहीं आया। मैं इसे साधारण-सी बात मानकर भूल गई। 'शारदा ने इस चर्चा को आगे बढ़ाते हुए कहा। कई दिन बाद प्रतिमा आई तो बड़े ही विचित्र और चंचल मूड में थी। बोली, 'तुम ठीक कहती थीं। देखो न लिख ही मारा श्रीमान जी ने विवाह का निमंत्रण-पत्र।'

प्रतिमा ने यह कहकर पर्स से विकास का पत्र निकाला चटखारे ले-लेकर पढ़ा। बीच-बीच में जोर-जोर से हँसती रही। विकास ने पत्र में जीवन-भर के लिए उससे जुड़ जाने की इच्छा व्यक्त की थी। वह एक ऐसा ही पत्र था जो नौजवान-प्रेमियों की तरफ से अपनी प्रेमिकाओं को लिखा जाता है।

पत्र पढ़ चुकी तो प्रतिमा मेरी पीठ थपथपाते हुए बोली थी, 'क्या सारे ही युवक मूर्ख होते हैं? वे मेलजोल को मेलजोल नहीं समझते कुछ और ही समझ लेते हैं, ये पागल! मैंने तो विकास से विवाह करने की बात कभी सोची ही नहीं। मैं तो एक पल के लिए भी नहीं सोच सकती इस विषय में।'

'तब तुमने क्या किया प्रतिमा?' मैंने अगला सवाल उससे किया। बोली, 'उत्तर दे दिया, 'तुम मूर्खों के स्वर्ग में अकेले टहल रहे हो, विकास। यह विचार अपने मन से निकाल दो। तुम मेरे मित्र हो, इससे अधिक कुछ नहीं।'

'फिर क्या हुआ?' मैंने उत्सुकता से पूछा था प्रतिमा से। 'होना क्या था।' वह बोली, 'विकास बहुत दिन तक मुझसे नहीं मिला। मिला तो यश नहीं की। मैं समझ गई हमारे संबंध टूट गए हैं। तब तो, कुसुम, विराम लगा दिया मैंने भी।'

धूप हमारी कुर्सियों से आगे सरक गई थी। हमने अपने-आपको धूप की सीमा में खींच लिया। कुसुम कुछ क्षण मौन साधे रही। फिर शारदा से पूछ बैठी,

‘इस सारी घटना में विचित्र क्या हुआ शारदा? विकास ने विवाह का निमंत्रण दिया प्रतिमा ने अस्वीकार कर दिया। कहानी खत्म।’

‘मामला इतना-सा होता तो बात ही क्या थी?’ शारदा धीमे स्वर में बोली, ‘यहाँ आने से पहले मैं प्रतिमा से मिलने चली गई थी। देखा वह ऋत उदास है अपने स्वभाव के विपरीत। सच कहूँ तो उसकी आँखें भीगी हुई थीं। मैंने कुरेदा, वह बहुत देर तक सही उत्तर देने से बचती रही।’

मैंने प्रसंग बदलते हुए पूछा, ‘विकास मिला था क्या?’ दर्दीले स्वर में बोली, ‘उसका तो रिश्ता तय हो रहा है किसी युवती से।’

‘मैंने देखा यह कहते हुए प्रतिमा की आँखें छलक आई हैं।’ शारदा कुछ पल रुकी फिर बोली, ‘तभी तो कहती हूँ, आदमी अपने-आपको भी नहीं समझ पाता है, अक्सर। वह नहीं जानता कि वह क्या चाहता है?’

‘सच कहती हूँ कुसुम, आदमी के भीतर भी ऐसा घना कोहरा छाया रहता है, जिसे चीरकर सच्चाई की धूप चमक नहीं पाती। अब सोचो विकास के रिश्ते से प्रतिमा की उदासी का क्या संबंध है? क्या, क्या...?’ शारदा ने पूछा और चुप हो गई।

* * *

14

रहीमू

भीकनवाला-

मैं पहली बार अपने मित्र प्रशांत रजावत के बुलावे पर गाँव आया था। यह गंगातट पर बसा हुआ एक छोटा-सा गाँव है। राजपूतों के बाहुल्य वाले इस गाँव में मुस्लिमों के मुश्किल से दस-पाँच परिवार ही होंगे।

यहाँ या तो खेतीबाड़ी में सहयोग करनेवाले खेत मजदूर हैं अथवा बढ़ई या लोहारी का काम करनेवाले शिल्पी। एक परिवार माझियों का है, जो पुश्त-दर-पुश्त नौकाएँ खेता चला आ रहा है। गंगातट पर बसा हुआ यह छोटा-सा गाँव यद्यपि संपर्क मार्ग बन जाने के कारण शहर से जुड़ तो गया है, किंतु शहर का प्रभाव अभी इसमें इतना कम है कि हम इसे पुराने परंपरागत गाँव का एक नमूना ही मान सकते हैं। गाँव में एक प्राइमरी पाठशाला है, जिसका अध्यापक कभी आता है कभी हफ्तों तक गायब रहता है। विद्यालय के प्रांगण में गधे दिनभर लोट-लोटकर अपनी थकान उतारते रहते हैं। राजपूतों के कुछ बालक शहर के स्कूलों में पढ़ने जाते हैं। वे ही यहाँ के लोगों के लिए समाचारों का प्रमुख स्रोत हैं। मैं अकेला ही टहलता-टहलता गंगातट तक आ गया था। जेठ के महीने की पीली-पीली शाम खेतों और मैदानों में पसरी पड़ी थी। हवा में दिनभर की तपन अभी तक शेष थी। किंतु गंगानदी पूरे आवेग पर थी। पानी लबालब बह रहा था। हर वर्ष जेठ के महीने में गंगानदी उफनने लगती है। पहाड़ों से बर्फ पिघल-पिघलकर आती है। पानी ठंडा हो जाता है और दोनों किनारों के बीच ऊपर तक फैल जाता है। प्रशांत ने मुझसे कहा था कि नदी पर जाओ तो वहाँ तुम्हें रहीमू

नाम का माँझी बैठा मिलेगा, तुम उससे मेरा नाम लेकर कहना, चाहोगे तो वह तुम्हें नाव से नदी की सैर कराकर ले आएगा।

मैंने देखा, पुश्ते के किनारे रहीमू की नौका एक मोटे से रस्से से बँधी खड़ी है। रहीमू तट पर बैठा है। शाम के समय यात्री नहीं आते थे। रहीमू इस समय केवल अपनी नौका की रखवाली करने के लिए ही बैठा होगा। मैंने सोचा, हो सकता है रहीमू को आशंका हो कि कोई उसकी नौका खोलकर बहा न दे। वह रात पड़ जाने तक नाव की रखवाली करेगा और फिर उसे रामभरोसे छोड़कर घर चला जाएगा।

मैं घूमता-घामता रहीमू के पास तक गया और उसके निकट ही पुश्ते के एक पत्थर पर बैठ गया।

'शहर से आए हो ना?' रहीमू ने मुझसे पूछा। वह शायद मेरे हावभाव और पहनावे से समझ गया था कि मैं गाँव का नहीं हूँ, शहर से आया हूँ। मैंने जैसे ही हाँ में सिर हिलाया, उसने तुरंत दूसरा सवाल दाग दिया, 'नाव से सैर करना चाहोगे ना?'

मैं अभी उसके इस सवाल का उत्तर नहीं दे पाया था कि उसने तीसरा सवाल किया, 'तुम भी अपने भाई हो ना?'

रहीमू के अधरों से भाई का शब्द निकला तो मैं परख गया कि उसका इससे क्या अभिप्राय है? मैंने गहरी नजर उस पर डाली। गालों से लगी छोटी-सी खिचड़ी हो चली दाढ़ी, काला रंग, मजबूत काठी। सिर पर ढीली-सी पगड़ी लिपटी हुई और गले में एक मोटा-सा ताँबे का तावीज झूलता हुआ। मैंने हाँ या ना में कोई उत्तर नहीं दिया तो रहीमू को स्वयं ही यह विश्वास हो गया कि मैं उसका धर्मभाई हूँ, पराया व्यक्ति नहीं हूँ।

सोचा तो दुःख हुआ कि कितना प्रदूषण फैल गया है, गाँवों तक। भाई का अर्थ ही बदल गया है, अब। पहले यह शब्द उन अर्थों में प्रयोग नहीं होता था जिन अर्थों में रहीमू ने इसका प्रयोग किया है।

मैंने उससे कहा, 'इस समय शाम काफी नीचे झुक आई है, कुछ ही देर बाद धुँधलका फैल जाएगा। अब नौका-विहार का समय नहीं रहा। कल दिन में नदी

की सैर कराना मुझे। अब बैठ के बातें करते हैं, कुछ देर।' पश्चिम की ओर नजर उठाई तो डूबते सूरज की लालिमा गंगाजल में गुलाल की तरह घुली दिखाई दी। चरवाहे अपने मवेशियों को हाँकते हुए गाँव की ओर बढ़ रहे थे। तट के किनारे-किनारे मवेशियों की एक लंबी पंक्ति थी जो गाँव की ओर बढ़ रही थी। ठाँठें मारती हुई गंगा, डूबता हुआ सूरज का लाल-लाल गोला, लहरों पर झूलती हुई रस्से से बँधी नौका, किनारे पर बैठे हुए हम दो प्राणी, रहीमू और मैं और नदी के तट से लगी डगर पर रेंगती हुई मवेशियों की कतार। बड़ा ही रोमांचक दृश्य था यह मेरे लिए।

मैं प्रकृति के सौंदर्य में गुम था कि रहीमू की चिंता से भरी आवाज मेरे कानों से टकराई 'मुसलमानों के कुल पाँच परिवार हैं बाबू इस गाँव में। बाकी तो सब दूसरे फिरके के हैं। हर समय डर लगा रहता है, खुदा जाने कब क्या हो जाए गाँव से जा भी नहीं सकते। कहाँ जाएँगे?'

'क्यों? क्या तुम्हें दूसरे फिरके के लोग परेशान करते हैं, रहीमू मैंने उससे पूछा। रहीमू ने इंकार में सिर हिलाते हुए उत्तर दिया, 'परेशान तो नहीं करते पर कब फिजा खराब हो जावे, कोई यकीन से थोड़ी कह सकता है। कहीं-न-कहीं दंगा होता रहा है। शहर में जो बालक पढ़ने जाते हैं, वे सब बताते हैं आकर। इतने मुसलमान वहाँ मार डाले गए, उतने मुसलमान वहाँ मार डाले गए।'

मैं देख रहा था कि रहीमू की आँखों में भय की भावना थी। वह मुझे अपना धर्मभाई मानकर निस्संकोच वह सब कह रहा था जो उसके मन में था। मैंने सावधानी बरती। उस पर यह रहस्य नहीं खुलने दिया कि मैं उसका धर्मभाई नहीं हूँ और प्रशांत रजावत के यहाँ मेहमान बनकर आया हूँ। रहीमू फिर मुखर हुआ। बोला-

'बहुत खराब दिन आ गए हैं बाबू। जरा-जरा-सी बात पर टंटा उठा देते हैं, ये लोग। मुश्किल तो यह है कि पुलिस भी इनकी है, फौज भी इनकी है। हमारा तो कोई सुननेवाला ही नहीं। वह मामला हो रहा है, बाबू कि मारे और रोने न दे।'

मैंने चतुराई दिखाई और रहीमू की हों में हों मिलाते हुए कहा, 'बात तो तुम ठीक कह रहे हो रहीमू। दंगा होता है और दंग, का दोष भी तुम्हीं लोगों पर डाल

दिया जाता है। मरते भी तुम जैसे लोग हैं, जेल भी तुम जैसे लोग ही जाते हैं। दंगा भड़कानेवालों का कुछ नहीं बिगड़ता।'

मेरी बात सुनकर रहीमू का साहस और बढ़ा। बोला, 'हिंदू कौम पर विश्वास नहीं करना चाहिए बाबू। ये हमें कब गाजर-मूली की तरह काट डाले कुछ पता नहीं। रात भी मुसलमान परिवारों की पंचायत ममदू की बैठक में जुटी थी। देर तक इस बात पर चर्चा हुई कि गाँव छोड़कर कहीं और चले जाएँ पर जाएँ कहाँ? मकान चाहिए, रोजगार चाहिए, कहीं जाना कोई आसान थोड़े ही है।'

रहीमू ने बात पूरी कर चिंता-भरी दृष्टि से मेरी ओर देखा।

मैंने रहीमू से सहमति व्यक्त की, 'पुश्तों से जिस गाँव में रहते आ रहे हो उसको छोड़कर जाना आसान थोड़े ही है रहीमू। '

वह बोला, 'हर आदमी अपनी रक्षा चाहता है बाबू। दंगा-बंगा हो गया तो ये लोग हमें बख्योंगे नहीं बाबू। काट डालेगे एक-एक को।'

'और यदि तुम्हारा दाँव पड़ गया?' मैंने रहीमू से पूछा।

बोला, 'छोड़नेवाले हम भी. नहीं। पर बाबू हम हैं ही कितने जने। फिर पुलिस आएगी, वह भी उनका ही पक्ष लेगी।'

मन दुःख से भर गया, कितना भयंकर प्रदूषण फैल गया है समाज में। किसी में एक-दूसरे के प्रति सहानुभूति की भावना नहीं रही है।

मैंने रहीमू को समझाते हुए बात बदलने का प्रयास किया, 'सत्ता की सियासत ने हमारे समाज में जहर घोल दिया है रहीमू। लोग भ्रमित हो गए हैं।'

पर रहीमू ने मुझे बात पूरी नहीं करने दी। बोला, 'बात यह है बाबू, सियासत ने तो जहर तभी घोला जब हममें उस जहर को स्वीकार करने की गुंजाइश पाई।'

मैंने उससे पूछा, 'तुम कुछ पढ़े-लिखे हो रहीमू?'

उत्तर मिला, 'गाँव की पाठशाला में पढ़ा था बाबू, जब मैं बालक था और बाबा जीवित था तब पाठशाला का अध्यापक घर पर भी पड़ा जाता था। अखबार आदि बाँच लेता हूँ, थोड़ा-बहुत।

'अखबार कहाँ से मिल पाता है तुम्हें? 'मैंने पूछा।

'डाकिया डाल जावे है प्रधान की बैठक में।' रहीमू ने उत्तर दिया, 'पिछले ही दिनों होली से कुछ दिन पहले गाँव में भारी तनाव हो गया था। राजपूतों के एक लौंडे ने अहमद भाई के कपड़ों पर रंग फेंक दिया। अहमद भाई ने लौंडे की पिटाई कर दी। बस फिर क्या था, पूरी बिरादरी चढ़ आई अहमद भाई की दुवारी पर। वह तो हमीं लोगों ने बात आगे नहीं बढ़ाई। कान दबाकर बैठ गए। कुछ कहते तो ठन जाती। हम यहाँ सुरक्षित नहीं हैं बाबू। 'रहीमू ने अपने मन की धारणा व्यक्त की। इन लोगों पर तो विश्वास करना ही मूर्खता है।

मुझे लगा कि रहीमू अकेला नहीं, वह अपने संप्रदाय का सच्चा प्रतीक है। इनमें भय है और असुरक्षा की भावना है, जिसने दूसरे संप्रदाय के प्रति प्रेम और सहानुभूति की सारी भावनाओं को नष्ट कर दिया है।

यह एक चिंता का विषय है। मैंने सोचा।

पश्चिम में सूर्य का आधा गोला अभी धरती के ऊपर झाँक रहा था। मैंने देखा कि चरवाहे के आगे-आगे चलनेवाली एक गैया पानी पीने के लिए नदी के तट से नीचे झुकी है, तभी तट की कच्ची टाँग टूटी और गैया के साथ चरवाहा भी जल की तेज धारा में जा गिरा।

वह डूब रहा था और चीख रहा था, 'मुझे बचाओ, मुझे बचाओ।' रहीमू विद्युत गति से उठा और पलक झपकते नदी में कूद गया। उसने तीव्र गति से तैरते हुए डूबते हुए चरवाहे को बाँह पकड़कर उठाया और अपनी मजबूत काठी पर लादकर तट पर ला रखा।

मैं लपककर रहीमू के निकट पहुँचा। रहीमू बेहोश चरवाहे के पेट का पानी उसे उलटा लिटाकर निकालने में जुटा था। उसने डूबने से बच गए चरवाहे को रेत पर सीधा लिटाया और अपनी पगड़ी खोलकर उसे उड़ा दी।

बोला, 'इकलौता बेटा है घसीटासिंह का, मर जाता तो उसकी तो दुनिया ही उजड़ जाती।'

'हिंदू है! ' मैंने आश्चर्य व्यक्त किया। बोला, 'उससे क्या होता है बाबू, है तो इंसान का बच्चा ही।'

यह क्षण मेरे लिए निर्णायक क्षण था। दो प्रवृत्तियों वाला रहीमू इस समय मेरे सम्मुख था। वह प्रवृत्ति उसे प्रदूषित हो गए समाज ने दी थी और यह प्रवृत्ति उसे प्रकृति ने।

* * *

15

कूड़ा-कचरा

सफाई-कर्मचारियों की दो सप्ताह तक चली हड़ताल आज समाप्त हो गई थी। नगरपालिका-प्रशासन ने एक लिखित समझौते में हड़ताली सफाई- कर्मचारियों की कुछ माँगे मान ली थीं और कुछ को भविष्य में पूरा करने का आश्वासन दे दिया था। दोनों दबाव में थे। पालिका-प्रशासन नगर की सफाई न हो पाने के कारण नागरिकों के भारी दबाव में था और सफाई-कर्मचारी अपने-अपने परिवारों की आर्थिक स्थिति बिगड़ जाने के दबाव में, क्योंकि पालिका-प्रशासन ने हड़ताल के दिनों का वेतन न दिए जाने की घोषणा कर दी थी। कर्मचारी-वर्ग और प्रशासन का समय-समय पर होनेवाला यह संघर्ष प्रायः ऐसी ही स्थिति में आकर समाप्त हो जाता है। मैंने देखा कि सामने की सड़क के किनारे जगह-जगह कूड़े के ढेर लगे हुए थे। कॉलोनी के अधिकतर परिवारों ने घर के भीतर का कड़ा निकालकर मुख्य दरवाजों के बाहर एक किनारे पर डाल रखा था। नुक्कड़ की खाली जगहें कूड़े के ढेर से भर गई थीं। सड़क के दोनों तरफ की नालियाँ गंदगी से भरी पड़ी थीं और उनका गंदा पानी छलककर सड़कों पर बह रहा था। अजीब दुर्दशा हो गई थी, शहर की।

हड़ताल के दिनों में शहर का गंदगी से पट जाना तो स्वाभाविक ही था। वैसे भी नगरपालिका की सफाई-व्यवस्था संतोषजनक कहाँ थी? सप्ताह में एक बार पालिका की कूड़ा-करकट ढोनेवाली बुग्गियों आती थीं और सड़कों-नालियों की सफाई कर जाती थीं। सप्ताह-भर तक सड़कों, रास्तों और गली-कूचों में कूड़ा-कचरा जमा होता रहता। तेज हवाएँ चलती तो दूर-दूर से सूखी घास के

तिनके और वृक्षों के सूखे पत्ते उड़ा-उड़ाकर लातीं और सड़कों-रास्तों पर बिखरा जातीं। घर की महिलाएँ सुबह मुँह-अँधेरे ही दिन-भर का एकत्र किया गया कचरा प्लास्टिक के थैलों में भरकर कूड़ा डालने के लिए बनाए गए स्थान पर डाल जाती थीं। इनमें फटे-पुराने रद्दी कागजों के टुकड़े पालिथीन की धज्जियाँ दवाइयों की खाली शीशियाँ, साबुनों, मसालों के पैकेटों तथा अन्य उपभोग की वस्तुओं के बेकार हो गए कवर पैकिंग आदि होते थे। बासी सब्जियाँ और सूखी रोटियों के टुकड़े आदि भी इन बैलों में दबे-रहते थे। कुत्ते और सुअर दिन-भर कूड़े के इन ढेरों में खाने की चीजें खोजते रहते और थैलों में भरी गंदी चीजों को बिखराकर दूर तक फैला देते।

सफाई-कर्मचारियों की दो सप्ताह की हड़ताल में स्थिति और बदतर हो गई थी। हड़ताल के अगले दिन घर से बाहर निकलकर देखा तो पाया कि नगरपालिका की कूड़ा ढोनेवाली बुग्गी घर के सामने खड़ी थी। कई और बुग्गियाँ भी इधर-उधर थीं। कर्मचारी सफाई करने में तत्परता से जुटे थे। वे फुर्ती से टोकरी में फावड़े से कूड़ा भरते और बुग्गी में पलटते जाते। अन्य कई कर्मचारी सड़कों पर झाड़ू लगाने में व्यस्त थे। वे झाड़ू से बिखरा हुआ कूड़ा समेटकर छोटी-छोटी हरिक लगाते जा रहे थे, जिन्हें बुइग्गियोंवाले कर्मचारी उठा-उठाकर अपनी-अपनी बुग्गी में भर रहे थे।

पड़ोस के दरवाजे पर नजर डाली तो पड़ोसी विमला अपने घर की दहलीज पर खड़ी मुहल्ले की सफाई होते देख रही थी। मैंने उसकी ओर नजर डाली तो उसने अपने मुख्य द्वार से ही मुझे आदरपूर्वक नमस्ते की। मैं चार पग बढ़कर उसकी ओर गया।

कैसे हो मुरारी भाई! विमलादेवी ने कुशल- क्षेम पूछने की औपचारिकता पूरी की और फिर हम दोनों काफी देर तक हड़ताल के दिनों में बाहर की जो दुर्दशा हो गई थी, उस पर वार्ता करते रहे।

अधेड़ उम्र को पार कर रही विमलादेवी अपने घर में अकेली रहती हैं। पति कोई दस वर्ष पहले काम-धंधे की तलाश में दिल्ली गया था, जो आज तक नहीं

लौटा। चिट्ठी-पत्री तक नहीं भेजी। कोई नहीं जानता कहाँ है, वह जीवित है भी या नहीं। विमलादेवी ने अपने पति का पता लगाने का प्रयास किया, किंतु सफल नहीं हो सकी।

महिलाओं की त्रासदियों में से एक भयंकर त्रासदी यह भी है। उनके पति गायब हो जाने पर भी हमेशा उपस्थित रहते हैं। विमलादेवी दस बर्ष से उसकी बाट जोह रही है। पुनर्विवाह वह नहीं कर सकती, उसे खटका लगा रहता है कि यदि हरप्रसाद जीवित हुआ और घर लौट आया तो क्या होगा? घर में एक बेटी थी, जो ब्याही जा चुकी है। उसका पति इतनी क्रूर प्रवृत्ति का व्यक्ति है कि बेटी को दुःख-दर्द में भी माँ से मिलाने के लिए नहीं लाता। विमलादेवी पति की ओर से निराश होकर मेहनत-मजदूरी करके अपना पेट पाल रही है। कुछ समय पहले तक वह रद्दी अखबारों से छोटे-बड़े साइज की थैलियाँ बनाकर दुकानदारों को बेचा करती थी, पर जबसे पालिथीन की थैलियों का प्रचलन बढ़ा है, कागज के थैलों को कोई नहीं पूछता। अब विमलादेवी शहर के पंसारियों से दालें जीरा आदि सफाई करने के लिए ले आती है। मकान घर का है, इसलिए किसी-न-किसी तरह काम चल जाता है। किसी के आगे हाथ फैलाने की स्थिति नहीं आती।

'तुम कुछ लिखना-पढ़ना जानती हो विमला?' मैंने झाड़ू से उड़ रही धूल को अपने नथुनों में न घुसने देने के लिए नाक पर रूमाल जमाते हुए विमला से पूछा।

'आठवीं तक पड़ी थी कि पिता ने मेरा हाथ हरप्रसाद के हाथ में थमा दिया। वह दिन और आज का दिन, जीवन की चक्की में पिस रही हूँ। किताब से वास्ता ही कहाँ पड़ा!' विमलादेवी ने उदास स्वर में उत्तर दिया।

'किंतु साक्षरता-अभियान में तो तुम थोड़ा सहयोग दे ही सकती हो। जो पूर्ण रूप से अनपढ़ है, उन्हें अक्षर-ज्ञान तो दे ही सकती हो।'

विमलादेवी ने हामी भर ली किंतु वह उन दिनों को याद करके रुआँसी हो गई, जब वह स्कूल जाया करती थी। बोली, 'पिता की बुद्धि भ्रष्ट न हो जाती तो

मैं ऐसी थोड़ी होती, मुरारी भाई, जैसे अब हूँ। मुझे तो पढ़ाई में इतनी रुचि थी कि बता नहीं सकती।'

मैंने दुःखभरी दृष्टि विमलादेवी के चेहरे पर डाली। सिर के बाल आधे से अधिक सफेद हो गए थे। खाल मांस को छोड़ती जा रही थी। मेहनत ने उसकी आंखों के नीचे गहरे काले धब्बे डाल दिए थे।

'पिता को नशे की लत हो गई थी।' विमलादेवी ने विषय बदलकर अपने अतीत की राख कुरेदनी आरंभ कर दी, 'वह रात को पीकर नशे में झूमता घर आता, माँ से झगड़ा करता। माँ उससे पहले खाना नहीं खाती थी। बच्चों को भी रूखा-सूखा खिलाकर सुला देती थी। शोर मचाता बापू नशे में माँ को पीटने लगता तो मेरी आँख खुल जाती। मैं माँ और बापू को झगड़ा करते और एक-दूसरे से गुत्थमगुत्था होते देखती रहती।'

विमलादेवी अपने बचपन की कहानी कहते-कहते रुक गई। बोली, 'क्यों मुरारी भाई, क्या दुनिया में ऐसा कोई सफाई-कर्मचारी नहीं है, जो मनुष्य के भीतर भरे कूड़े-कचरे की सफाई कर सकता हो!' उसने सामने की ओर साफ हो गई सड़क की ओर दृष्टि उठाते हुए मुझसे पूछा, 'ठीक ऐसे जैसे यह सामने की सड़क साफ हो गई है। अब इस पर सूखे पत्ते और घास के ढेर नहीं बिखरे हैं।'

मैं आश्चर्य में पड़ गया। आठवीं कक्षा तक पढ़ी लड़की कैसी कवियों-कलाकारों जैसी बातें कर रही थी! उसने अपने भीतर भरे कूड़े-कचरे को साफ करने की जो बात कही थी मैं अभी उसका संबंध सड़क पर फैली गंदगी से नहीं जोड़ सका था। कुछ क्षण मौन रहकर विमलादेवी फिर बोली, 'भगवान की कसम मुरारी भाई, बहुत कूड़ा-कचरा भरा है मेरे भीतर। कोई ऐसा नहीं है, जो इसे ऐसे ही चमका दे जैसे सफाई के बाद सामने की सड़क चमकने लगी है।'

मैं कुछ नहीं बोला। मौन खड़ा उसकी बात सुनता रहा।

'पिता पहले माँ के साथ धक्का-मुक्की करते। फिर खाना खाने बैठ जाते। माँ सांझ का बना खाना गर्म करके तथा रोटियाँ सेंक-सेंककर उन्हें देती रहती। वे

गालियाँ बकते जाते खाना खाते जाते। नशे में वे कितना खाते थे मैं अब यह बता भी नहीं सकती। बिस्तर में दुबकी मैं माँ और पिता को कनखियों से देखती रहती। लैंप की पीली रोशनी में मुझे माँ एक निरीह प्राणी की तरह और पिता एक प्रेत की तरह दिखाई देते।

'आधा रात बीत जाती तो पिता माँ को अपने बिस्तर पर खींच लेता। मैं भय से काँप जाती। मुझे लगता, पिता के हाथों फिर माँ को प्रताड़ित होना पड़ेगा। वह नशे में होता था और मुझे लगता कि नशे में पिता माँ को फिर मारे-पीटेगा। पर कुछ देर बाद माँ लड़खड़ाती हुई पिता के पलंग से उठती। पिता एक मोटी-सी गाली देकर उससे पानी माँगता और नशे की झोंक में पेशाब करने चला जाता।

'अक्सर यही होता था मुरारी भाई, अक्सर यही होता था।' विमलादेवी ने अपने अतीत में झाँकते हुए कहा, 'कई बार पैसे नहीं होते तो पिता जेवर या घर के बर्तन बेच आता था। पिता ट्रक ड्राइवर था। आधे महीने काम करता था, आधे महीने नहीं। इसीलिए बार-बार उसे काम ढूँढने के लिए मारे-मारे फिरना पड़ता था। कभी किसी के ट्रक पर है तो कभी किसी के।

'छोटी उम्र में ही उसने मेरे हाथ पीले कर दिए थे।' विमलादेवी ने अपने अतीत की कहानी दोहराते हुए कहा, 'यह सब कूड़ा-कचरा ही तो है मुरारी भाई, जो मेरे भीतर भरा पड़ा है। पिता का आचरण, पति का व्यवहार ये सारी घटनाएँ जो मैंने देखी हैं, जिन्हें मैंने भुगता है, मेरे भीतर कूड़े-कचरे की तरह भरी पड़ी हैं, इनकी सफाई कैसे हो? क्या कोई इनकी सफाई करनेवाला नहीं है?' विमलादेवी खाली-खाली दृष्टि से मेरी ओर देखकर बोलीं।

मैं चुप रहा ऐसे में सहानुभूति व्यक्त करना भी पीड़ित की वेदना बढ़ा देता है। विमलादेवी कुछ देर चुप रहीं फिर बोलीं, 'कहते हैं, कहने से मन का बोझ हलका हो जाता है, भड़ास निकल जाती है। पर मुझे नहीं लगता है मुरारी भाई, यह सच है। मैंने आज तुम ही से नहीं, पहले भी कई और परिचितों से अपने अतीत की पीड़ाएं कहकर मन का बोझ हलका करना और उस कूड़े-कचरे को

निकालकर बाहर फेंक देना चाहा है, जो बचपन से मेरे भीतर जमा होता रहा है। पर क्या इसकी सफाई हो सकी! सडांध- भरे ये ढेर तो वैसे ही हैं, जैसे पहले थे।'

मैंने देखा, सड़कों पर फैला हुआ कूड़ा भरकर बुग्गी काफी दूर निकल चुकी थी।

* * *

16

यात्रा कहानी की

नई कहानी लिखने में व्यस्त नागपाल सूर्यवंशी...। मैं मिलने के लिए पहुँचा तो कलम लिखते-लिखते रुक गई। चश्मे के भीतर से मेरी ओर देखा। मुझे लगा कि उनके मस्तिष्क में इस समय विचारों का जो एक सागर ठाठें मार रहा है, उसकी तरंगों का आवेग नागपाल की आँखों में साफ देखा जा सकता था। दुःख़ हुआ कि मुझे नागपाल के पास ऐसे समय में नहीं आना चाहिए था, जब वे साहित्य-साधना में लीन थे। ऐसे लोग जब रचनात्मक सोच-विचार की मुद्रा में हों तो किसी और ही दुनिया में पहुँच जाते हैं। मैंने वापस जाना चाहा तो नागपाल ने हाथ से संकेत कर मुझे बैठ जाने के लिए कहा। कुछ मिनटों तक वे नार्मल होने का प्रयास करते रहे। धीरे-धीरे उनकी आँखों में विचारों की जिस भीड़ की झलक मैंने देखी थी वह गायब हो गई। नागपाल ने कागज, पैड और कलम एक तरफ रखा और मुझे संबोधित किया :

'तुम इतनी दूर से आए हो मिलने के लिए, अच्छा नहीं लगा, तुमसे कहूँ कि व्यस्त हूँ, किसी और वक्त आना।'

'लेकिन मुझे तो वास्तव में खेद है नागपाल जी कि मैंने आपको असमय डिस्टर्ब किया। ज्ञात होता कि आप लेखन में व्यस्त होंगे तो मैं कदापि न आता। एक बहुमूल्य रचना कारज पर आने से रह गई।' मैंने लज्जा का भाव व्यक्त करते हुए नागपाल से कहा।

बोले, .. 'आप भी रोज-रोज कहाँ आते हैं राजन भाई। यह इतना विशाल शहर है। दूर-दूर तक फैला हुआ, मशीनों की तरह दौड़ता हुआ व्यस्तताओं से भरा हुआ। किसी के पास कहाँ इतना समय है कि वह मिलने के लिए किसी मित्र

के पास आए। पच्चीस किलोमीटर की यात्रा तय कर आप यहाँ आए हैं, ऐसे में मैं आपको समय न दे पाऊँ। क्या यह अच्छा लगेगा? सच, मैं तो, किसी अपने से मिलने के लिए तरस जाता हूँ।'

मैंने नागपाल की ओर देखा। उसकी आँखों में वही बेचैनी थी, जो अक्सर मैंने देखी थी। बोले, 'कल यहाँ एक बड़ा सांप्रदायिक विवाद होते-होते बचा। लोग धर्म के मामले में इतने संवेदनशील हो गए हैं कि छोटी-छोटी बातों को लेकर झगड़ पड़ते हैं।

पूछा, 'क्या हुआ था?'

नागपाल ने घटना सुनाई। मैंने अनुभव किया कि उनके भीतर चिंता व्याप्त है। वे इस बढ़ती जा रही धार्मिक संवेदना से खतरा महसूस करते जा रहे हैं। मैंने सुना, वे कह रहे थे, 'सामने की बिल्डिंग के दूसरे माले से रामसिंह राठौर की पत्नी ने प्लास्टिक की थैली में घर का जो कचरा नीचे फेंका, उसमें कुरान का एक फटा हुआ पन्ना भी था, जो थैली से निकलकर रास्ते में आ गिरा, तभी एक मुसलमान सज्जन इधर से गुजरे और उन्होंने कुरान का निरादर करने की बात कहकर भारी हंगामा खड़ा कर दिया। भीड़ एकत्र हो गई। एक पक्ष के लोग मोर्चा बाँधकर खड़े हो गए तो दूसरे पक्ष के लोग भी गोलबंद हो गए। दोनों ओर से गाली-गलौच और शोर-शराबा आरंभ हो गया। तभी कुछ समझदार लोग आगे बड़े और उन्होंने दोनों पक्ष के लोगों को समझा-बुझाकर शांत किया। एक बड़ा हादसा हो सकता था।'

'लेकिन बात तो उत्तेजना फैलानेवाली थी ही नागपाल जी।' मैंने उत्तर देते हुए कहा।

वे बोले, 'मेरा विचार है कि राठौर, बात उत्तेजना फैलानेवाली थी भी और नहीं भी थी। राठौर, यदि महिला ने जानबूझकर ऐसा किया तो वास्तव में यह बहुत आपत्तिजनक है, किंतु जहाँ तक मैं समझता हूँ कि कागज फेंकनेवाली महिला को यह पता ही नहीं होगा कि इस कागज में क्या लिखा है। ये कुरान का पन्ना है या किसी और पुस्तक का। हर व्यक्ति अरबी भाषा तो जानता नहीं है। इस कागज में जो चीज लिपटी हुई आई होगी, महिला ने उस चीज को

निकालकर कागज को रद्दी का साधारण टुकड़ा समझा और उसे ऐसे ही कूड़े-करकट के साथ नीचे फेंक दिया, जैसे अखबारी कागज के टुकड़ों को फेंका जाता है। असल दोषी तो वह है, जिसने व्यापारी को रद्दी बेची, उसमें कुरान के पन्ने भी शामिल कर दिए। उत्तेजित होने वाले व्यक्ति को पहले यह सोचना चाहिए था कि जो महिला ऊपर से कचरे की थैली गिरा रही है, क्या वह कुरान के पन्ने के विषय में जानती है और वास्तव में उसका उद्देश्य पवित्र कुरान का निरादर करना है! उसने कुछ नहीं सोचा और कुरान के निरादर किए जाने का बदला दूसरे संप्रदाय से लेने पर तुल गया।' नागपाल सूर्यवंशी थोड़ी देर चुप रहे फिर बोले, 'ऐसी ही संवेदनशीलता हमारे लोगों में है और खेद की बात यह है कि दिनों-दिन बढ़ती जा रही है। हर व्यक्ति धर्मयोद्धा बनता जा रहा है या मुजाहिद। जिन संप्रदायों का नेतृत्व अपना सुख, अपना वर्चस्व तो चाहता हो, संप्रदायों का विकास एवं कल्याण नहीं, वहाँ ऐसी ही स्थिति उत्पन्न हो जाती है। धार्मिक हिस्टीरिया उत्पन्न हो जाता है भीड़ में। हम इतिहास के ऐसे ही हिस्टीरियाई युग से गुजर रहे हैं।'

मैंने चाहा कि विषय बदल दूँ। क्योंकि वार्ता बोझिल होती जा रही थी। पूछा नागपाल जी, 'क्या लिख रहे थे इस समय' 'बोले, 'एक छोटी-सी प्रतीकात्मक कहानी की रूपरेखा मस्तिष्क में थी, वही कागज पर उतारने बैठा था।'

'जरा सुनाइए तो सही, कैसे आरंभ हुई है, यह कहानी आपकी?' मैंने फरमाइश की। नागपाल जी जानते थे कि फिआन में मेरी गहरी रुचि है। बोले, 'अभी तो लिखना शुरू ही किया है। एक पैराग्राफ भी पूरा नहीं हुआ है, फिर भी चाहते हो तो सुन लो।'

मैं ध्यानपूर्वक सुनने के लिए तैयार हो गया। नागपाल जी ने पैड से कागज निकाले और पढ़ा, 'उन दोनों के भीतर रण का जो मैदान भांय-भांय कर रहा था, अचानक उसमें घोड़ों की टापें गूँजने लगीं। दोनों ने एकाएक लेकिन अलग-अलग महसूस किया कि घोड़े हिनहिना रहे हैं। उनकी कनौतियाँ चढ़ी हुई हैं, योद्धाओं ने लगामें खींच ली हैं। घोड़ों की लंबी गर्दनें लगामों के साथ ऊपर उठ

गई हैं। योद्धाओं की तलवारें धूप में बिजली की तरह चमक रही हैं। एक ओर के हिनहिनाते हुए घोड़े दूसरी ओर के घोड़ों की तरफ बढ़ रहे हैं। घमासान होने की स्थिति बन गई है। उद्घोष हो रहे हैं। इधर से भी उधर से भी। किंतु ऊपर से वे दोनों शांत है। संतुष्ट हैं। देखने में नार्मल लग रहे हैं। चेहरे पर क्रोध नहीं है। अगल-बगल के घरों में दोनों अपने-अपने रोजमर्रा के कार्यों में व्यस्त हैं। कोई नहीं जानता कि उनके भीतर की रणस्थली घोड़ों की टापों से गूँज रही है। शायद वे स्वयं भी नहीं जानते हैं। वे तब जानेंगे, जब ...

'अभी यहाँ तक लिखा है राठौर, समय मिलने पर बात आगे बढ़ेगी।' नागपाल कहानी का पहला पैराग्राफ पढ़ चुका तो मैं निस्तब्ध-सा बैठा रह गया। मेरी समझ में नहीं आ रहा था कि क्या प्रतिक्रिया व्यक्त करूँ। सच तो यह है कि मैं इस पैराग्राफ से किसी ऐसी घटना का पता नहीं लगा पा रहा था, जो आगे चलकर कहानी में व्यक्त होनेवाली हो। मैंने नागपाल जी से कहा, 'आप यह तो मानते होंगे कि नागपाल जी घटना के बिना कहानी नहीं बनती। घटना नहीं है तो कहानी भी नहीं है। पर आपने जो पंक्तियाँ सुनाईं, वह किसी घटना का संकेत नहीं दे रही हैं। दो पात्र हैं, जो ऊपर से शांत है, प्रतिदिन के कामों में व्यस्त हैं और उनके भीतर बड़े-बड़े युद्धस्थल हैं, जिनमें घोड़े हिनहिना रहे हैं, कनीतियाँ बढ़ाए खड़े है। धूप में तलवारें बिजली की तरह चमक रही है। पर वे दोनों इससे परिचित नहीं हैं। यह तो नागपाल जी कहानीकार की कल्पना हुई। घटना कहाँ है, ऐसी घटना जो कहानी की रीढ़ होती है।'

'तुम घटना किसे कहते हो? तीखे व्यंग्यात्मक अंदाज में मुस्कराते हुए नागपाल जी ने मुझसे पूछा। फिर आलमारी से पिछले कुछ दिनों के समाचार पत्र उठाकर उनमें छपी हुई खबरें पढ़ते हुए बोले, 'वाराणसी 23 दिसंबर। नगर के एक निर्जन स्थान में दो कामुक दरिंदों ने एक अबोध बालिका के साथ बलात्कार किया। दुष्कर्मी बालिका को बहला फुसलाकर दिन-छिपे उक्त स्थान पर ले गए और कपड़े से बालिका का मुँह बंद कर उसके साथ बारी-बारी

सामूहिक बलात्कार किया। बालिका लहूलुहान स्थिति में घटनास्थल पर बेहोश पाई गई।'

नागपाल जी ने दूसरा अखबार उठाया और उसमें छपा एक समाचार पढ़ना शुरू कर दिया, 'मुरादाबाद 25 दिसंबर। यहाँ से लखनऊ इलाहाबाद जानेवाली एक्सप्रेस ट्रेन में नशीले लड्डू खिला-खिलाकर एक व्यक्ति को लूट लिया गया। लुटेरे एक लाख रुपया और यात्री का कीमती सामान लेकर अगले स्टेशन पर उतरे और फरार हो गए। बेहोश यात्री को शाहजहाँपुर रेलवे स्टेशन पर होश आया तो उसकी जेब और सामान साफ हो चुका था। रेलवे पुलिस को घटना की सूचना दे दी गई है।'

नागपाल जी ने खबर पढ़कर अपना तीसरा अखबार उठाया। उसमें एक ऐसा ही समाचार पढ़ा, 'हरिद्वार : 26 सितंबर। ज्वालापुर। निकट के एक गाँव में शिवजी की मूर्ति को खंडित किए जाने को लेकर सांप्रदायिक तनाव उत्पन्न हो गया। पुलिस और पी०ए०सी० की टुकड़ियाँ गाँव में पहुँच गई हैं। तनाव बना हुआ है।'

ये सब समाचार पढ़कर नागपाल जी ने मुझसे पूछा, 'क्या तुम्हारे विचार में घटनाएँ केवल यही होती हैं या इसी प्रकार की होती हैं। ऐसी या इस प्रकार की कोई घटना कहानी में न हो तो कहानी नहीं बन सकती। तुम यही मानते हो ना?'

मैं कुछ नहीं बोला, शांत बैठा रहा। नागपाल जी ने अपनी बात जारी रखी, 'घटना की जो परिभाषा अब तक चली आ रही है, हम लोग उसके अभ्यस्त हो गए हैं। इस परिभाषा से अलग हटकर जब कोई और बात सामने आती है तो हम उसे घटना मानने के लिए तैयार नहीं होते। बुद्धि का सामान्यीकरण होना इसी को कहते हैं राठौर.....।

मैंने सोचा कि मुझे अपनी प्रतिक्रिया व्यक्त नहीं करनी चाहिए। प्रतीक्षा करनी चाहिए कि नागपाल आगे क्या कहना चाहते हैं।

वे दो ऊपर से शांत व्यक्ति, जो मेरी कहानी के पात्र बनकर उभरे हैं, दरअसल, आज संवेदनहीन हो गए समाज में दो अलग-अलग संप्रदायों के प्रतीक हैं। इन ऊपर से शांत पात्रों के भीतर जो युद्धस्थल बनता जा रहा है, वही

कहानीकार चिंतक का विषय है। वह दृश्य की भयावहता को घोड़ों की हिनहिनाहट और तलवारों की चमक से व्यक्त कर रहा है।'

'लेकिन कहानी को इस घुमावदार रास्ते पर ले जाने की जरूरत क्या है, नागपाल जी।' मैंने झिझकते हुए पूछा।

बोले, 'ताकि पाठक अपने भीतर झाँकना सीखें, अपनी वास्तविकता जाने। स्वयं अपना अध्ययन करें। कुरान के अनादर से उत्तेजित व्यक्ति यदि अपने भीतर झाँकना और अपनी भावना का पता लगाना सीख गया होता तो रद्दी कागज फेंकने की साधारण घटना एक बड़े कांड में बदलने की पृष्ठभूमि तैयार न कर देती।'

मैंने महसूस किया कि कहानी अब एक और दिशा में यात्रा कर रही है।

* * *

17

आशाओं के बीच नारी

राजहंस, जब भी तुम्हारा ध्यान आता है, मेरा मस्तिष्क तुम्हारी कल्पना के आगे आदर से झुक जाता है। अक्षय पांड्या ने अपने-आपसे वार्ता करने की मुद्रा में स्वयं से कहा। वह अकेला था और संयोग से सुनीता का चित्र कई वर्ष के बाद अचानक उसके सामने आ गया था। कई बार ऐसी घटनाएँ हो जाती हैं, जिनकी कल्पना भी हम नहीं कर रहे होते। पांड्या पुराने कागजों की फाइलें झाड़-पोंछकर दुबारा शेफ में रख रहा है। कल ही उसके फ्लैट की व्हाइट वाशिंग हुई थी। सारा सामान इधर-उधर बिखरा पड़ा था। पुरानी फाइलों को व्यवस्थित ढंग से रखते हुए अचानक एक फाइल से सुनीता का चित्र निकलकर उसके हाथों में आ गया। पांड्या को लगा कि पच्चीस वर्ष पुरानी सारी घटनाएँ अतीत की गहरी गुफा से निकलकर उसके सामने आती जा रही हैं। समय गुजर जाता है, पर हमारी स्मृति पर अपने गहरे चिह्न छोड़ जाता है। वे चिह्न अमिट होते हैं और व्यक्ति की मृत्यु के साथ ही समाप्त होते हैं। उनका साथ तभी छूटता है।

पांड्या ने चित्र की ओर निहारा। वही बड़ी-बड़ी समुद्र की गहराई वाली नीली आँखें। वही गालों पर गुलाब के फूल जैसे खिलते हुए अधरों पर सदैव चिपकी रहनेवाली मुस्कान।

क्या जबरदस्त औरत थी सुनीता राजहंस। अक्षय पांड्या ने मन-ही-मन कहा। वह पोस्टकार्ड साइज का यह चित्र लेकर सोफे पर आ बैठा। घर में अकेलापन था और दोपहर का समय। स्मृतियों की रील चली तो एक-एक दृश्य अक्षय की आँखों के सामने आता गया।

पांड्या को याद आया, वह भी सुनीता राजहंस से विवाह करनेवाले उम्मीदवारों में से एक था। पर वह पुनर्विवाह करने के लिए तैयार नहीं हुई थी। सुनीता सचमुच त्याग की मूर्ति थी।

राजहंस शर्मा ने विवाह के दो वर्ष बाद ही सुनीता से डाइवोर्स ले लिया था। राजहंस पुलिस विभाग में था और उसकी आँखें अपने ही विभाग में कार्य करनेवाली एक महिला से लड़ गई थीं। राजहंस ने शोभा चतुर्वेदी से अपने प्रेम-संबंधों को छिपाया नहीं। सुनीता से कहा और यह भी कहा कि शोभा जीवनसंगिनी के रूप में मुझे सहयोगी दिखाई देती है। उसके साथ रहने से मेरी यात्रा अधिक सुखद हो सकती है। सुनीता ने पहले पति को समझाने का प्रयास किया। चाहा कि राजहंस उसे उसकी उन कमियों से अवगत कराए जो उसे शोभा चतुर्वेदी की तुलना में अप्रिय बना रही हैं। किंतु राजहंस तर्कों के आधार पर सुनीता को संतुष्ट तो नहीं कर सका पर यह अवश्य जताता रहा कि शोभा चतुर्वेदी के बिना न तो वह खुश रह सकता है और न सफल जीवन ही गुजार सकता है।

उन दिनों उसका राजहंस के पास रोज का आना-जाना था। उसे राजहंस के घर में प्रतिदिन घटनेवाली सभी घटनाओं की खबर रहती थीं। राजहंस और सुनीता दोनों ही अपनी-अपनी गाथा सुनाते थे। कई सप्ताह तक सुनीता और राजहंस शोभा चतुर्वेदी के विषय में वार्तालाप करते रहे। किंतु उसके लिए सबसे अधिक आश्चर्य की बात यह थी कि सुनीता न तो असाधारण रूप से तनावग्रस्त हुई और न ही क्रोधित। वह शांत और संतुलित बनी रही। जब भी चर्चा होती, यही कहती, अचानक एक समस्या सामने आई है, देखते हैं कैसे इसका समाधान निकलता है।

जब राजहंस ने सुनीता के सामने शोभा चतुर्वेदी की समस्या खड़ी की तब सुनीता की गोद में उनका पुत्र विवेकराज मात्र एक वर्ष का था। शायद एक वर्ष 1 माह का; क्योंकि एक ही माह पहले वे उसकी पहली वर्षगाँठ मना चुके थे।

एक रात दोनों ने लंबी वार्ता के बाद तय किया कि वे शांति और संयम के साथ एक-दूसरे से अलग हो जाएँगे। वे सदा के लिए उसी शालीनता के साथ बिछुड़ेंगे जैसे मिलन का संकल्प लेकर एक-दूसरे के साथ आए थे। कैसी उदारता दिखाई थी तब सुनीता ने। जब यह महसूस हो कि हम एक-दूसरे के साथ नहीं रह सकते या कोई एक पक्ष अपनी आगे की यात्रा में दूसरे पक्ष को साथ रखने के लिए राजी न हो तो झंझट खड़ा किए बगैर शालीनता से अलग हो जाना चाहिए। किसी को साथ रखने के लिए बाध्य करना उचित नहीं है। कुछ ही दिनों बाद दोनों में डायवोर्स हो गया। तलाक के लिए जो करार हुआ उसमें विवेकराज सुनीता के पास आया। यह भी तय हुआ कि भविष्य में विवेक का कोई अधिकार राजहंस पर नहीं रहेगा। पांड्या के जीवन में वह पहला तलाक था, जो आपस में रजामंदी से इतनी शालीनता से संपन्न हुआ। दरअसल, यह भी सुनीता के त्याग की भावना ही थी। हम इसे उसकी उदारता भी कह सकते हैं।

सुनीता जब राजहंस से अलग हुई तो उसके सामने भविष्य का अंधकार दूर-दूर तक फैला पड़ा था। उसने अपना सबकुछ खोकर उस पुरुष की मनोकामना पूर्ण की थी, जिससे उसने कभी जीवन-मरण का संबंध बाँधा था।

सुनीता ने स्थानीय बालिका माध्यमिक विद्यालय में पहले अस्थायी नौकरी ढूंढ़ी और फिर प्रबंध समिति ने उसकी निष्ठा, योग्यता और काम के प्रति लगन को देखकर उसे स्थायी कर दिया। उन दिनों सुनीता सिविल लाइंस में एक विधवा के भवन में किराये पर रह रही थी। पांड्या को यह भी याद आया कि उन दिनों सुनीता का कुशलक्षेम पूछने के लिए वह तीसरे-चौथे दिन उसके निवास पर जाया करता था। कभी शाम में कभी रात में। विधवा एक उदार महिला थी, ममतामयी। जब तक सुनीता विद्यालय में रहती तब तक नन्हे विवेक राजहंस को सुनीता की बूढ़ी मालकिन सँभाले रखती।

उसने एक बार सुनीता को सलाह दी कि वह अपने नाम के साथ राजहंस लिखना छोड़ दे, जो व्यक्ति उसे निर्ममतापूर्वक ठुकरा चुका है, उसका परित्याग

कर चुका है, क्यों वह उसके साथ किसी ऐसे रिश्ते में बँधा रहना चाहती है, जिसका वास्तव में अब कोई अस्तित्व ही नहीं रहा है। पर सुनीता इसके लिए तैयार नहीं हुई थी। उसने कहा था कि जिन संबंधों को तुम समाप्त होना मान रहे हो, वे समाप्त नहीं हुए हैं, उनका अस्तित्व राजहंस के रूप में मौजूद है। जब तक राजहंस है, मैं उन संबंधों को कैसे नकार सकती हूँ, जिन्हें तुम समझते हो कि नहीं रहे हैं।

उसने एक बार नहीं, अनेक बार सुनीता को पुनर्विवाह करने की सलाह दी थी। कहा था, युवा नारी पहाड़-सा जीवन कैसे काट सकती है पुरुष के बिना। पर सुनीता ने इस बात का जो उत्तर दिया था उसे वह आज तक नहीं भूला है। उसने कहा था कि उसका बेटा राजहंस भी तो एक पुरुष ही है। पूरा पुरुष बनने में अभी उसे थोड़ी देर लगेगी पर.....।

उसने सुनीता के सामने एक बार विवाह का प्रस्ताव भी किया था। तब सुनीता अपनी परिचित मुस्कान के साथ बोली थी, 'तुम मेरी जैसी नारी को नहीं जानते हो अक्षय। हम लोग एक धुँधली-सी आशा के सहारे संपूर्ण जीवन व्यतीत कर देते हैं। यह बहुत आसान होता है हमारे लिए..... संतान बाहों में आते ही हमारे मन में उम्मीद का एक फूल खिल जाता है। हमें लगता है, बेटा धीरे-धीरे बड़ा होता जाएगा, युवावस्था को पहुँचेगा पढ़-लिखकर किसी अच्छे कार्य में लग जाएगा। गृहस्थी फिर उसी तरह बस जाएगी जैसी कि कभी थी। यह आशा ही है, जो हमसे कहती रहती है कि किसी और पुरुष की ओर मत देखो। इस आशा को पाल-पोसकर बड़ा करो, जो तुम्हारी गोद में है। परित्याग कर गए पति की पहचान नाम के साथ बनाए रखो, क्योंकि आशा का यह फूल प्रदान करने में उसका भी कम योगदान नहीं है। तुम नहीं जानते हो अक्षय कि संतान के बाद नारी अपनी कोख में अपनी गोद में जीने लगती है। गोद आबाद हो जाती है तो कोख का सूनापन अखरता नहीं है।'

पांड्या को याद आया कि सुनीता ने अपना समूचा ध्यान विवेकराज पर केंद्रित कर दिया था। कितनी मेहनत से उसे पाला-पोसा, शिक्षा-दीक्षा दी। पढ़ाई पूरी हुई तो अच्छी कंपनी में लग गया। वह दिल्ली चला गया। पहले माह का वेतन मिला तो सुनीता ने अपने सभी परिचितों को आमंत्रित किया। परित्याग करनेवाले पति राजहंस को भी। उस दिन सुनीता जितनी खुश थी उतना खुश उसे मैंने कभी इससे पहले नहीं देखा था।

पांड्या को याद आया, रात थी और दावत में बहुत से लोग थे। सुनीता मेहमानों के आदर-सत्कार में लगी थी। दावत में राजहंस भी आए थे और शोभा चतुर्वेदी भी। अतीत की कोई कटुता नहीं थी सुनीता के चेहरे पर। कोई शिकवा नहीं था। जैसे हर घटना सामान्य ढंग से गुजरी। सभी ने विवेकराज को आशीर्वाद दिया और सुनीता को बधाई दी। दावत समाप्त हुई तो सब लोग विदा हो गए। सुनीता जिस उम्मीद के सहारे जी रही थी, वह धीरे-धीरे साकार होकर सामने आ रही थी। पांड्या ने विदाई से पहले सुनीता से कहा, 'अब मैं प्रतीक्षा करूँगा विवेक के विवाह पर आयोजित होने वाले जश्न की। बुलाओगी ना। सुनीता धीमे से हँसी। कहा, 'क्यों नहीं?' सब चले गए मैं भी चला आया।

एक-एक करके कई वर्ष गुजर गए। एक दिन अचानक सुना कि विवेक ने दिल्ली में रोजी नाम की किसी क्रिश्चियन युवती से प्रेम-विवाह रचा लिया है। माँ को सूचित नहीं किया। उसी के संग रह रहा है। जी चाहा कि सुनीता से मिले पूछे, एक आशा जो उसे पति के रूप में प्राप्त हुई थी उसका साथ छोड़ गई। एक और आशा जो पुत्र के रूप में उसे उपलब्ध हुई थी प्रौढ़ होकर अपने रास्ते पर चल निकली। अब क्या रह गया है, उसके पास. ..। '

पर अक्षय का साहस नहीं हुआ सुनीता से संपर्क साधने का। सोचा वह निराश होनेवाली महिला नहीं है। एक आशा के बाद दूसरी आशा के दीप जलते

रहते हैं, इन नारियों के मन में। वे कभी निराश नहीं होतीं। जीवन इन्हीं के दम से आशावान है।

ज्ञात हुआ कि सुनीता एक अनाथ को शिक्षित बनाने में व्यस्त है। अक्षय पांड्या ने यादों का पिटारा समेटा। चित्र को फाइल में सावधानी के साथ रखा और पत्नी के बाजार से तथा बच्चों के स्कूल से आने की प्रतीक्षा करने लगा।

* * *

18

आस्था

'मनुष्य प्रत्येक घटना के पीछे का कारण जानना चाहता है। कारण जाने बिना उसे संतोष नहीं मिलता। कोई प्रत्यक्ष कारण दिखाई न भी दे रहा हो तो वह अपनी बुद्धि और कल्पना से कोई-न-कोई कारण स्थापित कर लेता है।' प्रकाश मोहन झा ने बातचीत का क्रम शुरू करते हुए मुझसे कहा। वह अभी कुछ ही दिन पहले कुछ एशियाई देशों के भ्रमण से लौटा था। साधारणतया विदेशों से लौटकर आनेवाले लोगों के प्रति हमारी रुचि अनायास बढ़ जाती है। कई और लोगों की भाति मुझमें भी झा से वे बातें सुनने की इच्छा जाग गई थी, जिन्हें वह देखकर या जानकर आया था; किंतु जिनसे मैं अपरिचित था।

यह सर्दी की ठंडक-भरी रात थी। दिसंबर की पच्चीसवीं रात जमाऊ बिंदु पर आकर ठिठुर-सी गई थी। लगता था, जैसे एक-एक पल थम-थमकर सुस्त गति से चल रहा हो। समय के व्यतीत होने का अपना एक अलग तरीका होता है। वह घड़ी की सुइयों में अपनी नियमित रफ्तार से चलता रहता है, किंतु मनुष्य मानसिक स्थितियों के अनुसार उसे समय की गति कभी धीमी और तीव्र अनुभव होती है। कष्टदायक और असुविधा की स्थिति में उसे लगता है, मानो एक-एक क्षण फैलकर लंबा हो गया है, अन्यथा सुख-सुविधा के रहते समय के बीत जाने का आभास ही नहीं होता है। जाड़ों की यह रात एक ऐसी ही बोझिल रात थी। बिजली की दूधिया रोशनी कमरे में चारों ओर पसरी पड़ी थी। सड़क पर छाया कोहरा रोशनदान के रास्ते कमरे में प्रवेश कर रहा था। बिजली की रोशनी में एक हलकी-सी धुंध भी सम्मिलित हो गई थी। मैंने करीब ही स्टूल पर रखा हीटर ऑन किया और प्रकाशमोहन से पूछा, 'हाँ तो कहाँ-कहाँ गए? क्या-क्या देखा? कुछ बताओ। अपनी यात्रा की कुछ यादगार बातें बताओ।'

'संसार तो अब किसी के लिए भी अजनबी या अनजाना नहीं रहा है। इलैक्ट्रोनिक मीडिया ने तो उस व्यक्ति के लिए भी विश्व को अनदेखा नहीं रहने दिया है, जो कभी अपने घर से बाहर नहीं निकला है। पर यह सही है कि जो बात स्वयं देखने में है, वह सूचना माध्यम से जानने में नहीं है। हम जब अलग-अलग भू-भागों में, अलग-अलग जलवायु में, अलग-अलग इतिहासों में, अलग-अलग समाजों में और अलग-अलग विश्वासों के बीच रहने वालों से मिलते हैं और उनके अनुभवों और सोच-विचारों में भागीदारी करते हैं, तो यह रहस्य समझ पाते हैं कि चित्रों या चलचित्रों में देखने तथा स्वयं अनुभव करने में क्या अंतर होता है। झा ने लंबा व्याख्यान छेड़ दिया था। मुझे यह कहने में कोई संकोच नहीं है कि इस समय मैं झा की भाषणबाजी से ऊबने लगा था। मैं अनुभव कर रहा था, जैसे झा विदेश से लौटकर अपना महत्त्व बढ़ाने या अपना प्रभाव मुझ पर छोड़ने का प्रयास कर रहा है। बाहर से आनेवालों में ज्ञान के प्रदर्शन की यह नाटकीयता शायद आ ही जाती है। मैंने सर्दी के अहसास से बचने के लिए अपने कोट का कालर ऊपर खींच लिया और हाथ हीटर की तरफ बढ़ा दिए। मैंने झा से कहा कि वह मुझसे स्वदेश लौटे पर्यटकों जैसा व्यवहार न करे। यदि उसके पास अपनी यात्रा के संबंध में कुछ विशेष बताने के योग्य हो तो बताए। मुझे लगा कि झा के चेहरे पर हल्की लज्जा का भाव उभर आया है। वह सोफे पर बैठे-बैठे हीटर की तरफ थोड़ा और झुक गया। झा की आँखों में इस समय सोच की गहराई थी। वह बता रहा था :

'मिस्र के भ्रमण में मैंने पिरामिड देखे। दुनिया के प्राचीनतम अजूबों में से एक अजूबा। पर मैं उनसे इतना प्रभावित नहीं हुआ, जितना उन प्राचीन गाथाओं से जो दुनिया के सभी मनुष्यों को सोच के एक ही धागे में पिरो देती हैं।'

'कैसे?' मैंने आश्चर्य के साथ झा से पूछा।

'मैं काहिरा में तीन दिन तक एक मुस्लिम परिवार में मेहमान रहा था। मैंने जाना कि मिस्र की प्राचीन सभ्यता का विकास भी उन्हीं रेखाओं पर हुआ है, जिन रेखाओं पर भारतीय सभ्यता का हुआ है। मिस्र आज एक मुस्लिम देश है, किंतु वहाँ के लोग उन देवी-देवताओं को अब भी नहीं भूलें हैं, जिनका आविष्कार आदिमानव ने किया था।

'विचित्र लगता है ना!' झा ने प्रश्नभरी दृष्टि मेरी और डालते हुए कहा, 'वह एक बहुत ही सुंदर महिला थी, उसमें कलसूम। सचमुच चंद्रमा जैसी। गाल सेब जैसे सुर्ख, चेहरे पर बड़ी-बड़ी गहरी और काली आँखें। बिलकुल जादूगरनी-सी लगती थी वह। बहुत ही सभ्य और मधुर व्यवहार वाली महिला थी। उसका पति था गमाल अब्दुल नासिर, मित्रता के अच्छे गुण थे उसमें। दोनों ने कुछ ही दिन पूर्व विवाह किया था-प्रेमविवाह। जब मैं पिरामिड देखने गया तो यह जोड़ा मेरे साथ था। पिरामिड कैसे हैं? उनमें क्या है? यानी क्या आश्चर्यजनक है? फिरऊनों ने उन्हें कब बनवाया था? उनकी आस्थाएँ क्या थीं विश्वास क्या थे? ये सब मैं तुम्हें नहीं बताऊँगा, क्योंकि पुस्तकों में, समाचारपत्रों में, चलचित्रों और चित्रों में तुम यह सब देख चुके हो जान चुके हो अब इनमें कुछ भी बताने लायक नहीं रह गया है। हाँ मैं तुम्हें 'सेत' और 'ओरिसिस' की वह गाथा अवश्य सुना सकता हूँ, जो मिस्रवासियों को अब भी याद है।'

मैं ध्यानपूर्वक प्रकाशमोहन झा की बात सुन रहा था। हीटर निरंतर गर्मी फेंक रहा था। यह एक युद्ध था, जो मनुष्य और प्रकृति के बीच चल रहा था। यह उस समय से चल रहा है, जब मनुष्य ने अग्नि की खोज कर अलाव रोशन किया था।

मुझे एक बार फिर ऊब जाने का अहसास हुआ। रात ठंडी थी और झा बराबर विषय बदल रहा था। उसने जेब से पैकेट निकालकर लाइटर से सिगरेट सुलगाई। बोला, 'जिन दिनों मैं मिस्र में था, तब वहाँ बसंत ऋतु थी। चारों ओर हरियाली-ही-हरियाली दिखाई देती थी। नील नदी का पानी किनारों के ऊपर तक बह रहा था। पानी पर इंजन बोट तीव्र गति से आ-जा रहे थे। खेत और बाघ हरे-भरे थे। मिस्रवासी खुश थे कि नील नदी ने उनके खेतों-बागानों की प्यास बुझाने में कोई कमी नहीं की है।'

झा ने मेरी ओर देखकर अपनी बात आगे बढ़ाई : 'नील नदी का मिस्रवासियों के जीवन में वही महत्त्व है, जो हम भारतीयों के जीवन में गंगा नदी

का है। तुम जानते हो नील घाटी के बीहडों में रहनेवाला आदिमानव तब बसंत और पतझड़ ऋतुओं के संबंध में क्या सोचता था?' मैंने झा के प्रश्न का कोई उत्तर नहीं दिया। मौन साधे उसकी बात सुनता रहा। उसे शायद मेरे उत्तर की प्रतीक्षा भी नहीं थी। इसीलिए उसने अपनी बात आगे बढ़ाने में कोई संकोच नहीं किया : 'उस दिन हम तीनों रात का खाना खाने में व्यस्त थे। गमाल अब्दुल नासिर ने बात का सिलसिला शुरू करते हुए कहा 'आदिमानव का अधिकतर इतिहास प्रकृति और मौसम के अनुभवों से जुड़ा है।'

'मैं नहीं जानता कि गमाल आगे क्या कहनेवाले थे, पर जैसा कि साधारणतया महिलाओं की आदत होती है, उम्मे कुलसूम ने अपने पति गमाल के वाक्य में अपनी वार्ता का सूत्र जोड़ दिया। बोली, 'मनुष्य प्रत्येक घटना का कारण जानना चाहता है। कारण प्रत्यक्ष नहीं होता तो वह कल्पना में खोज लेता है। आदिमानव जो ईसापूर्व साढ़े चार हजार वर्ष पहले तक नील की बीहड़ घाटियों में निवास करता था, प्राकृतिक घटनाओं को देखकर शायद ऐसे ही अनुभवों से गुजरा होगा।' उम्मे कलसूम ने चम्मच से सूप का स्वाद लेते हुए कहा।

'ग्रीष्म ऋतु में पतझड़ के दिन शुरू हो जाते तो आदिमानव देखता कि धरती सूख गई है, पेड़ों की टहनियाँ नंगी हो गई हैं। गर्म हवा के तेज झक्कड़ चलने लगे हैं। मरुस्थलों की रेत उड़-उड़कर सूखे टीलों का रूप धारण करती जा रही है। नील नदी का पानी सूख गया है। खेतों में घास तक नहीं बची है। जो धरती कुछ समय पहले तक हरी-भरी थी, सूखकर ताँबा जैसी बन गई है।

ऐसा क्यों हुआ? हर बार ऐसा क्यों होता है? आदिमानव सोचता रहा सोचता रहा। वह इसका कारण जानना चाहता था। पर इसका कोई प्रत्यक्ष कारण उसके सामने नहीं था। तब तुम जानते हो उसने क्या किया? अपनी बुद्धि, अपनी कल्पना, अपनी सोच का सहारा लिया। उम्मे कुलसूम ने क्षण-भर के लिए अपनी बात रोकी और चावलों की प्लेट अपने सामने सरकाते हुए कहा-

'तब उसने 'सेत' नाम के एक देवता की कल्पना की सोचा कि यह क्रूरता का प्रतीक सेत देवता ही है, जो प्रतिवर्ष एक निश्चित ऋतु में हरियाली के दयालु देवता ओरिसिस की हत्या कर देता है। आदिमानव ने विनाश और कल्याण की दो शक्तियों की कल्पना की। विनाश की शक्ति सेत देवता में निहित हो गई और कल्याण की ओरिसिस में।'

उम्मे कुलसूम मानव-समाज में आस्थाओं के विकास की कहानी दोहरा रही थी। उसने बात आगे बढ़ाई : 'पतझड़ की ऋतु व्यतीत हो जाने के उपरांत जब आदिमानव यह देखता था कि बसंत ऋतु लौट आई है, नील नदी जल से भर गई है, वर्षा ने फिर खेतों-वृक्षों को हरा-भरा कर दिया है तो उसे लगता था कि कल्याण का देवता ओरिसिस पुनः जीवित हो उठा है। उसने जीवित होकर सेत देवता को पछाड़ दिया है।'

'ओरिसिस का पुनर्जन्म?' उम्मे कुलसूम ने मेरी ओर प्रश्नवाचक दृष्टि डालते हुए कहा, 'तुम भारतीय भी तो पुनर्जन्म पर विश्वास रखते हो ना?'

मैंने उम्मे कुलसूम की बात का हाँ में उत्तर दिया। खाने में व्यस्त गमाल भी अब इस वार्ता में सम्मिलित हो गया था। बहुत कुछ नहीं बदला है। गमाल ने बातचीत में हस्तक्षेप करते हुए कहा, 'इस्लाम में इस जीवन के बाद एक और जीवन की आस्था है, भारतीय मृत्यु के पश्चात् पुनर्जीवन पर आस्था रखते हैं। मरकर पुनः जीवित होने के विचार ने पिछले छः या साढ़े छः हजार वर्ष में कितने रूप बदले हैं, इसका अध्ययन सचमुच ही एक रोचक विषय होगा।'

'किंतु कुछ भी हो उम्मे कुलसूम ने चर्चा को अंतिम मोड़ पर लाते हुए कहा, 'आदिमानव को, बसंत ऋतु के आने और उसे तहस-नहस कर देनेवाली पतझड़ ऋतु की विभीषिका के कारण का जानने की ललक थी। कारण प्रत्यक्ष नहीं थे। उसने अपनी बुद्धि और अपनी कल्पना से काम लिया। ओरिसिस और सेत देवता अस्तित्व में आ गए। ओरिसिस के पुनर्जन्म के सूत्र क्या कहीं भारतीय आस्थाओं के दर्शन से तो जुड़े नहीं हैं?'

उन्ये कुलसूम कुछ क्षण चुप रही, फिर बोली, 'सेत और ओरिसिस आरंभ ही से हर कहीं थे, यहाँ भी और वहाँ भी मनुष्य अपनी मौलिक सोच में शायद हर जगह एक जैसा था।'

झा ने उम्मे कुलसूम और गमाल के यहाँ खाने पर हुई वार्ता का प्रसंग समाप्त किया। लेकिन मुझे लगा कि यह प्रसंग अभी समाप्त नहीं हुआ है। सेत और ओरिसिस देवता, जो आदिमानव की प्रारंभिक खोज थे, अब भी हैं, यहाँ भी और वहाँ भी।

* * *

19

हम सब बाजार में

मैं। एक शानदार दफ्तर के सामने लगे बोर्ड को देखकर रुक गया। शाम की और सूरज की सिमटी हुई धूप के कारण दीवारों के साये लंबे, हो गए थे। इस क्षेत्र की सड़कों पर उतनी चहल-पहल नहीं थी जितनी सामान्यतया आबादियों वाले भागों में होती है। यह उस शहर की पॉश कालोनी का एक साफ-सुथरा भाग था, जहाँ मैंने-अपने जीवन के दस-बारह वर्ष बिताए थे। लंबे अंतराल के बाद लौटा तो नगर में इतना कुछ बदल गया था कि मेरे लिए बहुत-सी चीजों को पहचान पाना भी मुश्किल हो रहा था। उदाहरण के लिए माखनलाल प्यारेलाल मसालेवालों की छोटी-सी दुकान अब एक बड़ी फैक्ट्री में बदल गई थी। जिन दिनों मैं यहाँ था, तब माखनलाल प्यारेलाल चटनी-मसाले बेचनेवाले एक छोटे से व्यापारी हुआ करते थे। चौक क्षेत्र में उनकी एक छोटी-सी दुकान थी। वह मोहल्लों की गरीब महिलाओं को हल्दी-मिर्च, धनिया आदि पीसने के लिए देते थे और ग्राहकों में इनकी बिक्री किया करते थे। शुद्ध सामग्री देने और व्यापार में ईमानदारी बरतने के कारण तब भी शहर में इनकी विशेष पहचान थी। कारोबार अच्छा था। पिछले दस-बारह वर्षों में वे उन्नति करते-करते इस स्थिति में आ गए कि मसाले तैयार करने की एक फैक्ट्री स्थापित कर सके।

मैं कुछ ही देर पहले उनसे मिलकर लौटा हूँ। अब माखनलाल प्यारेलाल का व्यापार काफी बढ़ गया है। वे अपने पैकेटबंद स्वादिष्ट मसाले शहर से बाहर भी दूर-दूर तक सप्लाई करने लगे हैं। दो शिफ्टों में काम होता है। माँग बहुत है। फैक्ट्री और आसपास का वातावरण मशीनों की गड़गड़ाहट से गूँजता रहता है। जब तक मैं वहाँ रहा मुझे उन गरीब महिलाओं का ध्यान आता रहा जो

माखनलाल प्यारेलाल द्वारा लगाई गई मशीनों के कारण बेरोजगार हो गई होंगी। मशीन आती है, तो हाथ के कारीगर को धकेलकर हाशिए से बाहर फेंक देती है। मैं अपनी कल्पना में गूंगी हो गई हाथ की उन चक्कियों की निरर्थकता को देखता रहा, जो गरीब महिलाओं के घरों में पुरानी यादगारों की भांति अब भी रखी होंगी। मैंने प्यारेलाल के बड़े भाई माखनलाल से जानना चाहा था कि फैक्ट्री लगाने से बेकार हो गई उन महिलाओं का क्या हुआ, जिनकी रोजी-रोटी मसाले पीसनेवाली हाथ कीं चक्कियों के साथ जुड़ी थी; किंतु माखनलाल उनके संबंध में स्वयं कुछ नहीं जानते थे।

सोचता हूँ तो मुझे लगता है कि मनुष्य को मनुष्य याद रहते हैं, मशीनें नहीं। मशीनें जब बेकार हो जाती हैं तो स्वामी उन्हें भूल जाता है। कबाड़खाने में फेंक देता है। याद नहीं रखता है उन्हें। हाथ की चक्की से मसाले पीसनेवाली शरीब महिलाएँ भी माखनलाल प्यारेलाल के लिए, दरअसल, छोटी-छोटी मशीनें ही थीं। जब उनसे बड़ी अधिक और बेहतर काम करनेवाली लोहे की मशीनें आ गईं तो स्वाभाविक रूप से माखनलाल प्यारेलाल उन छोटी और कम काम करनेवाली मशीनों को भूल गए थे, जो महिलाओं के रूप में उनके यहाँ कार्यरत थीं।

ऐसा ही होता है, मैंने अपने आपको समझाया। आखिर मैं भी तो अपने पुराने टाइप राइटर की जगह इलेक्ट्रानिक टाइप राइटर ले आया हूँ। अब कभी मुझे यह ध्यान ही नहीं आता है कि कभी मेरी मेज पर उँगलियों को थका देनेवाला टाइप राइटर हुआ करता था।

सच तो यह है कि मुझे बेकार हो गई महिलाओं से बेकार हो गए टाइप राइटर की तुलना करते हुए कष्ट हुआ है। पर कभी-कभी आदमी का अपने ही विचारों पर बस नहीं चलता। मस्तिष्क में ऐसे ही विचार आने लगते हैं, यह भी एक प्रकार की विवशता ही है।

मैं चर्चा कर रहा था उस कार्यालय की जिस पर लगे बोर्ड को देखकर पैर आप-ही-आप रुक गए थे। बीच में प्रसंग छिड़ गया हम सब बाजार में

माखनलाल प्यारेलाल का। पर ये दोनों प्रसंग अलग-अलग नहीं हैं। दोनों ही उस विकास के प्रतीक हैं, जो पिछले कुछ वर्षों के बीच सामाजिक जीवन के हर क्षेत्र में हुआ है। मैंने दो कदम और आगे बढ़कर उस बोर्ड पर अपनी नजरें जमा दीं, जो कार्यालय के मुख्य द्वार के ऊपर लगा है-

आचार्य सदानंद जी महाराज

ज्योतिष विशेषज्ञ एवं तांत्रिक

नाम पढ़ते ही स्मरण हो आया कि इस नाम के सज्जन अभी दस वर्ष पहले अपने पोथी-पत्र लेकर एक छोटी-सी कोठरी में उस स्थान पर बैठा करते थे, जहाँ के भू- भाग को अपने नियंत्रण में लेकर हृदयरोग विशेषज्ञ ने अपना क्लीनिक खोल लिया है। तब इन्हीं सदानंद महाराज को एक महिला के बहुमूल्य आभूषण हड़प लेने तथा उसका दैहिक शोषण करने के आरोप में पुलिस ने थाम लिया था। यह एक लंबी गाथा है, जिसे यहाँ सुनाकर और चर्चा को अनावश्यक रूप से लंबा करने का कोई लाभ नहीं है। महिला का शोषण और तांत्रिक का आरोप से बरी हो जाना तब भी मेरी रुचि का केंद्र नहीं बना था, अब भी नहीं हैं। मेरी सोच का बिंदु पहले भी यही था और अब भी यही है कि आखिर वे क्या कारण हैं कि पुरुष और महिलाएँ ऐसे व्यक्तियों की शरण में चले जाते हैं जो ज्ञान और तर्क से बाहर हैं और ऐसी अज्ञात शक्तियों से संपन्न होने का दावा करते हैं, जिनके संबंध में हमारी अपनी कोई जानकारी नहीं है।

इच्छा हुई सदानंद जी महाराज से भेंट करूँ। जब मैं बारह वर्ष पहले यहाँ था तो कई बार उनसे भेंट कर चुका था। किंतु उनके साथ मेरे घनिष्ठ संबंध कभी स्थापित नहीं हुए थे। क्योंकि सदानंद जी महाराज जिस धंधे में थे, उस पर मेरा कोई विश्वास नहीं था। मैं इसे जनमानस को मूर्ख बनानेवाला एक निराधार कर्तब ही मानता था।

बोर्ड पढ़कर आगे बढ़ा।

देखकर चकित रह गया। तांत्रिक व्यवसाय के विकास का दृश्य तो मसाला फैक्ट्री के विकास से भी अधिक चौंकानेवाला है। कार्यालय में प्रवेश करते ही मेरी सबसे पहली भेंट उस सुंदर नाक-नक्श, वाली आकर्षक युवती से हुई, जिसे

यहाँ रिसेप्शनिस्ट के रूप में रखा हुआ है। उसके दोनों ओर टेलीफोन रखे हैं। कभी एक तरफ की घंटी बजती है, कभी दूसरी तरफ की। युवती कभी एक हाथ से काल रिसीव करती है, कभी दूसरे हाथ से। लोग महाराज से मिलने के लिए अपायंटमेंट ले रहे हैं। युवती नाम नोट करती जाती है, समय निर्धारित करती जाती है। कुछ व्यक्ति जिनमें महिलाएँ भी हैं और पुरुष भी वेटिंग हॉल में उपस्थित हैं। विचित्र-सा रहस्यमय वातावरण है, यहाँ का।

युवती रिसीवर रखती है तो मैं उससे महाराज से भेंट करने की इच्छा व्यक्त करता हूँ। युवती ने मेरा नाम नोट कर लिया और कहा कि अभी मुझसे पहले पंद्रह व्यक्ति और हैं। मुझे बैठकर अपनी बारी की प्रतीक्षा करनी होगी।

समय क्षण-क्षण करके बीत रहा है। प्रतीक्षा के क्षण लंबे हो गए हैं। महाराज के कक्ष से एक-एक करके महिलाएँ और पुरुष बाहर आ रहे हैं। कई के चेहरों पर संतोष है कई के चेहरों पर नहीं है।

साँझ रात की ओर ढलने लगी है। तभी युवती टेलीफोन रिसीव करती है। मुझे बताती है कि महाराज से भेंट करने के लिए मेरा नंबर आ गया है। मैं भीतर जा सकता हूँ। महाराज के कक्ष में पग रखता हूँ तो कदमों के नीचे मोटा गद्देदार ईरानी कालीन देखकर चकित हो जाता हूँ। कितना बहुमूल्य कालीन है यह। मैंने मन-ही-मन कहा और चारों ओर दृष्टि उठाकर देखा। दहलीज से लेकर महराज के आसन तक ऐसे ही बढ़िया कार्पेट बिछे हैं। महाराज का स्थान एक ऊँचे गोल आकार के चबूतरे पर है। बराबर में महिला सेक्रेटरी हाथ में लिखने का पैड और कलम सँभाले बैठी है। महाराज के निकट मोबाइल रखे हैं। आसपास कई कंप्यूटर हैं। इंटरनेट सिस्टम हैं। दीवारों को पवित्र श्लोकों से सजा दिया गया है।

महाराज के अधीन काम करनेवाला एक व्यक्ति कंप्यूटर पर मुझसे पहले आई एक महिला का भविष्य देखने और उसका प्रिंट निकालने में व्यस्त है। प्रिंट निकालकर उसने महाराज की ओर बढ़ा दिया है। महाराज भारी स्वर में महिला को संबोधित कर रहे हैं-

‘हे नारी तुझ पर प्रेतात्मा का प्रकोप है। तीन दिन बाद यह प्रकोप और बढ़ेगा। खून की उलटियाँ होंगी और तेरी मृत्यु भी हो सकती है। तुझे फिट पड़ते हैं न!’

नारी ने हाँ में सर हिलाया। यह सब सुनकर महिला का रंग फीका पड़ गया। मुझे लगा कि महाराज ने अब तक मेरी ओर ध्यान नहीं दिया है। वे मेरी उपस्थिति से अनभिज्ञ हैं और पूर्ण रूप से महिला में व्यस्त हैं।

महिला करबद्ध होकर महाराज के चरणों में गिर गई है। महाराज ने मुँह-ही-मुँह बुंदबुदाकर महिला को संकट से निकालने के कुछ उपाय बताए। अनुष्ठान करने के लिए कुछ सामग्री लाने के लिए कहा। सेवा-शुल्क दे चुकी महिला धीरे-धीरे चलती हुई कक्ष से बाहर चली गई। महाराज महिला सेक्रेटरी से वार्ता करने में व्यस्त हो गए।

दुखियों को अज्ञानता खींच लाती है, यहाँ मेरे मन में एक विचार उभरा है। डाक्टरों-चिकित्सकों के यहाँ जब उपचार के सारे दरवाजे बंद हो जाते हैं, जब समस्याओं के निदान का प्रत्येक बौद्धिक रास्ता अवरुद्ध हो जाता है, मनुष्य के सामने तो वह यहीं आकर शरण लेता है। मैं अपने-आपसे पूछता हूँ और कोई उत्तर न मिलने पर अचरज-भरी दृष्टि से महाराज की तरफ देखने लगता हूँ।

‘मसाला फैक्ट्री की भांति ज्योतिष और तंत्र-मंत्र का व्यवसाय भी कितना आधुनिक हो गया है। ‘मैंने आश्चर्य के साथ अपने-आपको संबोधित किया है। माथे पर तिलक धारण किए तांत्रिक ने गले में झूल रही अपनी माला को छाती पर ठीक तरह सजा लिया है। विज्ञान के विकास का प्रतीक कंप्यूटर अज्ञात दुनिया का संचालन करने वालों के हाथ का दास बना मेरे सम्मुख रखा है। मैं आश्चर्य में पड़ गया।

क्या सच है, क्या सच नहीं है। कुछ भी तय करना मेरे लिए संभव नहीं है। पिछले कुछ वर्षों की अवधि में तांत्रिकों के पास भीड़ क्यों बढ़ गई है! मनुष्य हताश हुआ है या समस्याएँ बढ़ गई हैं। मैं कुछ भी तय नहीं कर पा रहा हूँ।

तभी महिला सेक्रेटरी मुझे संकेत करती है।

मैं आगे बढ़ता हूँ। महाराज मेरी ओर देखते हैं। एक संक्षिप्त-सा वाक्य उनके अधरों से निकलता है-

'यह समस्या के निवारण का समय है, अतिथियों से भेंट करने का नहीं। छन्न से कोई चीज मेरी छाती में टूटी है। माखनलाल प्यारेलाल बेरोजगार हो गई महिलाओं को ही नहीं भूला, सदानंद अपने परिचितों को भी भूल गया है। आदमी बाजार में खड़ा है ना। यह बाजार भौतिक क्षेत्र से अध्यात्म की दुनिया तक फैल गया है।

मैंने महाराज को नमस्कार किया और वापस आ गया।

* * *

20

और मैना मर गई

यह घटना मेरी पत्नी संगीता ने उस वक्त सुनाई थी, जब वह नई नवेली दुल्हन थी और कुछ दिन पहले ब्याहकर इस घर में आई थी। मार्च की हलकी सर्दी की रात थी। दीवार पर लगी इलैक्ट्रानिक घड़ी में आवाज एक-एक क्षण के बारी-बारी गुजरते जाने का एहसास दिला रही थी मैंने दूधिया रोशनी में घड़ी की ओर देखा। एक बजने में सात मिनट शेष थे। संगीता जाना रही थी। अभी मेरी आँखों में भी नींद का खुमार नहीं उतरा था। हम दोनों गर्म शाल लपेटे बराबर-बराबर लेटे थे। कुछ पल ऐसे ही होते हैं, जब बातें समाप्त हो जाती हैं और कहने के लिए कुछ भी शेष नहीं रहता। जब दिल धड़कते हैं और खामोशी शब्द बनकर बोलने लगती है। संगीता सरककर मेरे और निकट आ गई। मैंने उसके शरीर की गर्मी अपने भीतर प्रवेश करते हुए महसूस की।

संगीता एक ऐसी महिला थी, जो प्रेम में अपना पूर्ण अधिकार चाहती थी। प्रेम में किसी और की भागीदारी सहन नहीं थी उसे। पूरा कब्जा चाहती थी वह। और जैसा कि होता है कि प्रेम में पूरा कब्जा चाहनेवाले व्यक्ति प्रायः शंकालु प्रवृत्ति के होते हैं। उन्हें हर पल यह खटका लगा रहता है कि उनका प्रेमी किसी और तरफ न झुक गया हो। किसी और ने उसे अपनी ओर आकर्षित न कर लिया हो। ऐसे व्यक्तियों में निरंतर एक असुरक्षा-सी बनी रहती है। एक भय-सा बना रहता है कि कहीं कोई दूसरा उनके प्यार में भागीदार न बन जाए। मैं आरंभ ही में संगीता की इस प्रवृत्ति को भलीभांति समझ गया था और प्रयास करता था कि ऐसा कुछ कारण न आने दूँ, जो उसके लिए किसी तरह का संदेह पैदा कर सकता हो।

रात कुछ और आगे सरकी। मैंने देखा, अचानक मेरी पालतू बिल्ली कमरे की खिड़की से कूदकर मेरी गोद में आ बैठी। यह बिल्ली, जिसे हम सब परिवार के लोग गोल्डी कहकर पुकारते थे, मुझसे बहुत ज्यादा हिल गई थी। मैंने नर्म-नर्म बालोंवाली बिल्ली की पीठ पर प्यार से हाथ फेरा और उसे सहलाते हुए अपने और संगीता के बीच में लिटा दिया।

'कैसी प्यारी बिल्ली है, संगीता। है ना! 'मैंने बस कहने के लिए कह दिया और पलटकर गोल्डी की तरफ देखा। मुझे उसकी भूरी-भूरी आंखों में प्रेम का सागर उमड़ता दिखाई दिया। भावनाओं के पास शब्द नहीं होते। पर वे शब्दों के बिना ही सबकुछ कह देती हैं, सबकुछ बता देती हैं, जो कुछ भी उनके भीतर होता है। भावनाओं की भाषा आँखों से व्यक्त हो जाती है, चेहरे से व्यक्त हो जाती है। प्रेम की भाषा को शब्दों की जरूरत नहीं होती।

मैंने देखा संगीता बिल्ली के विषय में कोई दिलचस्पी नहीं ले रही है। इस समय एक विचित्र-सी उदासीनता उसकी आँखों में है। मैंने पूछा-

'क्यों डियर तुम्हें पालतू प्राणियों में कोई रुचि नहीं है क्या? 'संगीता ने मेरे सवाल का कोई सीधा जवाब नहीं दिया। बोली, 'डैडी ने एक पहाड़ी मैना पाल रखी थी। वह हमारे सारे परिवार के लिए एक खिलौने जैसी थी। जिस व्यक्ति ने भी उसे शिक्षित किया होगा बहुत ज्यादा मेहनत की होगी उसके साथ। सच कहती हूँ गौरव, वह इस तरह बोलती थी, जैसे सचमुच आदमी बोलते हैं। कितनी मीठी मधुर आवाज थी उसकी। डैडी ने एक सुंदर खुला-खुला-सा पिंजरा उसके लिए खरीदा। पावों में चाँदी के छोटे-छोटे छल्ले पहनाए। गले में सुनहरे मोतियों की छोटी-सी माला डाल दी। हमने उसका नाम तारा रखा था। घर के सारे लोग उसे तारा दीदी कहकर पुकारते थे।

मैंने बिल्ली को उठाकर छाती पर रख लिया। इस समय बिजली की रोशनी में उसकी आंखें सचमुच तारों जैसी चमक रही थीं। उसने अपना सिर मेरे गर्म-गर्म चेहरे पर रख लिया था। मैं गोल्डी की नाक के आसपास खड़े मूँछ के बालों का स्पर्श अपने चेहरे पर महसूस कर रहा था। है तो विचित्र-सी बात लेकिन सत्य है। प्रेम की भावना न होती तो यह बाल मेरे लिए असुविधा का कारण बन सकते

थे। इनकी चुभन मेरे लिए असहनीय हो सकती थी। इस समय यह मुझे अच्छी लग रही है। प्रेम की भावना में तो ऐसी चीजें भी अच्छी लगने लगती हैं, जो सामान्य स्थिति में स्वीकार नहीं की जा सकतीं। मैंने सोचा और गोल्डी के सिर को धीरे-धीरे सहलाने लगा।

संगीता अपने डैडी की मैना का ब्यौरा दे रही थी। 'तारा दीदी अँधेरे ही बोलना शुरू कर देती। उठो भ्राता जी उठो भाभी जी राम नाम जपो भोर का समय है। और जैसे ही घर में चहल-पहल होती तारा दीदी सबको नाम लेकर प्रणाम करतीं बारीक मीठी आवाज में उसका नमस्ते कहना कितना अच्छा लगता था, हम लोगों को। सच तो यह है गौरव, तारा दीदी हमारे परिवार का सबसे प्रिय सदस्य थी। वह बच्चों से बतियाती बड़ा से बतियाती। डैडी मैना का सबसे अधिक ध्यान रखते थे। समय पर खाना देते, समय से पानी देते रात को उसका पिंजरा अपने बैड के पास भगवा लेते। डैडी को मैना के बिना चैन ही नहीं पड़ता था।'

गोल्डी अपने अगले दोनों पाँव उठाकर मेरे पेट पर बैठ गई और अपनी गोल-गोल अख्रों से इधर-उधर देखने लगी। मैंने संगीता से कहा, 'गोल्डी को भूख तो नहीं लगी है, हो सकता है, इसे भूख लगी हो। यह इधर-उधर देख रही है, जैसे इसे किसी खाने योग्य वस्तु की खोज हो।'

संगीता ने मेरी बात का कोई उत्तर नहीं दिया। चुपचाप बैड पर लेटी रही। मैं बिस्तर से उठा और किचन से दूध ले आया बिल्ली को पिलाने के लिए। संगीता यह सब देखती रही। बोली कुछ नहीं। गोल्डी ने दूध पिया। मैंने कपड़े से उसकी मूँछें साफ कीं और उसे बाहर जाने के लिए नीचे छोड़ दिया। पर गोल्डी बाहर नहीं गई। कमरे के चारों ओर घूमकर वापस लौट आई और उछलकर फिर मेरे बिस्तर में आ घुसी।

प्रेम में जो आकर्षण है, वह शायद ही किसी और चीज में हो। मैंने संगीता को संबोधित करते हुए कहा, 'चुंबक तो बस लोहे की चीजों को खींच पाता है। पर प्रेम की भावना तो पशु-पक्षियों तक को मोहित कर देती है। 'मैंने गोल्डी को उठाकर फिर अपने पास लिटा लिया। इसे मैं अपने एक मित्र के यहाँ से लाया

था। तब यह आठ दिन की थी। सोहनी नाम की उसकी बिल्ली ने तीन बच्चे दिए थे। एक मैं ले आया था, दूसरा एक और मित्र ले गया था और तीसरा पैदा होने के तीसरे ही दिन निमोनिया से पीड़ित होकर मर गया था। मैंने गोल्डी को ऐसे लाड़ से पाला है, जैसे माँ अपनी संतान को पालती है।'

मैंने महसूस किया कि संगीता गोल्डी के विषय में कोई विशेष रुचि नहीं ले रही है। पशु-पक्षी प्रेम की महक इतनी जल्दी महसूस करते हैं, जितनी जल्दी शायद आदमी भी महसूस नहीं करता होगा। गोल्डी तब से अब तक एक बार भी संगीता की तरफ नहीं गई थी। उसकी बाहों में आकर नहीं खेली थी। शायद उसे लग रहा था कि संगीता की बाहों में उसके लिए वह अपनत्व नहीं है, जो मुझमें है। प्रेम की गंध पशु-पक्षी भी सूँघ लेते हैं।

गोल्डी शांत होकर मेरी बगल में लेट गई।

संगीता ने मुँह पर हाथ रखकर लंबी-सी जम्माई ली।

'तुमने कभी मैना पाली है गौरव!' उसने मेरी ओर करवट लेते हुए पूछा। जवाब में 'न' सुनकर संगीता बोली 'सबसे बुद्धिमान पक्षी है यह। बुद्धिमान भी और संवेदनशील भी।'

मुझे लगा कि संगीता पुनः अपने डैडी की मैना का किस्सा सुनाने को उत्सुक है। मैंने गोल्डी की ओर से ध्यान हटाकर संगीता की मैना में दिलचस्पी ली। कहा, 'मैना तो वह मैंने भी देखी है। विवाह के बाद केवल दो बार ही मैं तुम्हारे यहाँ गया हूँ। पहली बार जब मैंने घर में प्रवेश किया बहुत मधुर बारीक आवाज में सुनने को मिला-स्वागतम्-स्वागतम्। मैंने चारों ओर घूमकर देखा किसकी आवाज है। कुछ समझ में नहीं आया। तब माँ जी ने बताया कि यह मनुष्य नहीं मैना बोल रही है। सच मनुष्यों की तरह साफ शब्दों में बोल रही थी वह।'

'हाँ, 'संगीता ने उत्तर दिया। बोली, 'पर वह मैना जो तुमने देखी, वह नहीं थी, जिसकी चर्चा मैं कर रही हूँ, जिसे हम प्यार से तारा दीदी कहते थे, उसका तो बहुत दुःखद अंत हुआ था गौरव। अब भी वह घटना याद करती हूँ तो सिहर उठती हूँ।'

संगीता ने अपना गर्म-गर्म हाथ मेरे माथे पर रख दिया। लंबी साँस खींचकर बोली, 'एक दिन डैडी एक और मैना घर में ले आए। बताया कि बेचनेवाला इसकी बहुत प्रशंसा कर रहा था। इसे बड़ी मेहनत और चाव से पढ़ाया गया है। यह पूरे-पूरे वाक्य ही नहीं बोलती गीत भी गाकर सुनाती है। डैडी ने बताया कि इसके गीत से मोहित होकर ही मैंने इसे खरीद लिया है। डैडी ने नई मैना का पिंजरा तारा दीदी के पिंजरे के निकट ही टाँग दिया।

'हमने मिलकर इस नई मैना का नामकरण किया। सबकी सहमति से इसका नाम मोहनी रख दिया गया। मोहनी आते ही सबके ध्यान का केंद्र बन गई। सारा परिवार उसकी ओर आकर्षित हो गया। बेचनेवाले ने डैडी को बता दिया था कि इसे कौन-कौन से गीत याद हैं। सो कभी परिवार का कोई सदस्य तो कभी कोई सदस्य मोहनी दीदी से गीत गाने की फरमाइश करता रहा। डैडी ने इसके गले में नन्हे-नन्हे मोतियों की माला डाली पैरों में रिंग पहनाए, पूरा घर नए आनेवाले के स्वागत में लगा रहा। मोहनी से गीत सुनता रहा। किसी ने भी तारा दीदी की ओर ध्यान नहीं दिया। मानो जैसे भूल गए हों सब उसे।

'रात गए तक मोहनी से दिल बहलावा होता रहा।'

'खाने के बाद सब लोग सोने के लिए अपने-अपने बिस्तरों में चले गए। इस बीच तारा दीदी की सुध किसी ने नहीं ली। वह चुपचाप अपने पिंजरे में सबकुछ देखती रही कुछ बोली नहीं।'

'सुबह आंख खुली तो तारा दीदी की आवाज सुनाई नहीं दी। डैडी ने जाकर देखा तो तारा प्राण छोड़ चुकी थी। उसकी मृत देह पिंजरे के एक तरफ पड़ी थी।

'सबको आश्चर्य था कि तारा कैसे मर गई? वह बीमार नहीं थी। कुछ भी ऐसा उसके साथ नहीं हुआ था, जो उसकी मृत्यु का कारण माना जा सकता। सभी अलग-अलग कारण बता रहे थे।

तभी उदास स्वर में डैडी बोले, 'सोतिया डाह ने मार डाला है इसे। 'फिर वह मम्मी से बोले, कई पक्षी तो मनुष्य से भी अधिक संवेदनशील होते हैं नीलिमा।

तारा मर गई, क्योंकि उसे अपनी उपेक्षा सहन नहीं हुई। प्रेम का बँट जाना, छिन जाना, सहन नहीं हुआ। वह मर गई। कहते-कहते डैडी रुआँसे हो गए।'

मैं नहीं कह सकता कि संगीता ने यह घटना मुझे क्यों सुनाई थी। कोई असुरक्षा का भाव तो नहीं पल रहा था उसके भीतर। कौन जाने?

* * *

21

खालीपन उसका

'तुम प्रतापसिंह राणा को तो जानती होगी अनुराधा?'

बहुत देर से हम दोनों के बीच भिन्न-भिन्न स्वभाव वाले पुरुषों की चर्चा चल रही थी, तभी अनायास क्षिप्रा अग्रवाल मुझसे यह प्रश्न कर बैठी।

'उसे कौन नहीं जानता?' मैंने उत्तर देते हुए क्षिप्रा से कहा, 'वह तो इन दिनों हमारे शहर का सबसे चर्चित व्यक्ति है। सुना है पिछहत्तर साल की उम्र में एक नवयौवना से आंख लड़ा बैठा है। मुँह में दाँत न पेट में आँत। क्या हो गया है इन मर्दों को!'

मैंने अपनी प्रतिक्रिया व्यक्त की तो क्षिप्रा थोड़ी गंभीर हो गई। बोली, 'अभी मैंने तुमसे कहा था न कि बालपन और युवावस्था के कुछ अभाव ऐसे हैं, जो मनुष्यों में एक वैक्यूम-सा छोड़ जाते हैं। मनुष्य मरते दम तक इस वैक्यूम को भरने का प्रयास करता रहता है पर यह खालीपन कभी भरता ही नहीं है।'

'तुम तो शिप्रा, हर मामले में कोई-न-कोई मनोवैज्ञानिक पक्ष ढूँढ निकालने की अभ्यस्त हो गई हो। अभी तुम अपने पतिदेव की चर्चा करते हुए कह रही थीं कि रजनीश का बचपन सूखी रोटी पर गुजरा था। जब वे संपन्न हुए तो भांति-भांति के स्वादिष्ट और चटपटे व्यंजनों की ओर लपकने लगे। पेट भर जाता है पर मन नहीं भरता कभी।'

'हाँ मैंने कहा था।' क्षिप्रा ने अनुराधा द्वारा दोहराई गई अपनी बात का अनुमोदन किया, 'और मैं अब भी कहती हूँ कि रजनीश के भीतर बढ़िया भोजन के लिए जो खालीपन रह गया था वह भर नहीं पा रहा है अब तक। गहराई में

जाकर देखो तो आदमी के अंदर कई अतृप्तियाँ ऐसी भी होती हैं, जो अंतिम क्षण तक शांत नहीं हो पाती हैं।'

'संभव है।' मैंने सिद्धांत रूप में क्षिप्रा की बात को स्वीकार न करते हुए कहा, 'कई व्यक्तियों में ऐसा होना संभव है, कई व्यक्तियों में नहीं।'

'हाँ, अनुराधा! मैं भी ऐसे ही व्यक्तियों की बात कर रही हूँ, जिनमें अतृप्ति की यह अनपहचानी भावना उत्पन्न हो जाती है। वे अनजाने ही अपने उस खालीपन को भरते रहते हैं, जो प्रारंभिक जीवन के किसी मोड़ पर उनके भीतर घुस आया था। बहुत संवेदनशील होते हैं, ऐसे व्यक्ति और जीवन-भर उस पिपासा को बुझाते रहते हैं, जो जिंदगी के किसी मोड़ पर उनके भीतर अपनी जड़ें जमाकर चली गई थी।'

'तुम्हारी बातें हमेशा ज्ञान के बोझ से दब जाती हैं क्षिप्रा। अध्ययन बहुत करती हो न! सत्तर वर्ष की तो तुम भी हो गई होगी अब।' अनुराधा ने क्षिप्रा पर चोट की।

'हाँ!' वह बोली, 'प्रतापसिंह राणा से छः वर्ष छोटी हूँ मैं। इस तरह चौहत्तर साल की बैठती है मेरी उम्र। हम दोनों के परिवार साथ-साथ रहे हैं। बीच में बस पक ही दीवार ही थी।' क्षिप्रा ने अतीत की ओर झाँकते हुए कहा।

'लेकिन यह राणा -तो बुढ़ापे की दहलीज तक पहुंचते-पहुंचते बिल्कुल ही भ्रष्ट हो गया है क्षिप्रा...।' मैंने उससे कहा।

'क्या तुम भी उसकी कुछ कहानियाँ जानती हो?' क्षिप्रा ने सब कुछ जानने के बावजूद मुझसे पूछा।

'क्यों नहीं जानती। 'मैंने कहा, 'एक मैं ही क्या, कितने ही लोग जानते हैं कि वह सीमा नाम की एक विधवा युवती को लिए फिरता है, कार में होटलों में बाजारों में। बेतहाशा धन व्यय कर रहा है, उस पर।'

'हो सकता है यह सच हो, लेकिन इससे यह कैसे सिद्ध होगा कि जो संबंध उन दोनों के बीच हैं, उनमें कहीं।'

'खोट की बात रहने दो क्षिप्रा।' मैंने उसकी बात बीच में काट दी, 'नारी और पुरुष के संबंधों में आशंका की बहुत संभावना रहती है बहिन।'

'हाँ, रहती तो है पर कई बार वास्तविकता आशंकाओं से एकदम विपरीत होती है। कई बार वास्तविकता के पीछे भी एक और वास्तविकता छिपी होती है। हम लोग अंतिम वास्तविकता तक पहुँचने का प्रयास नहीं करते हैं।'

'मैं मानती हूँ क्षिप्रा। तुम स्वयं एक उलझे हुए स्वभाव की महिला हो। बात की खाल निकालने की धुन में रहती हो। अरे भई, लोग तो वही कहेंगे जो देखेंगे। वही सोचेंगे जो उन्हें सोचने को मिलेगा।'

'हाँ! पर मेरा और तुम्हारा दृष्टिकोण तो ऐसा नहीं होना चाहिए अनुराधा। वास्तविकताओं के पीछे जो एक वास्तविकता छिपी रहती है, उसे भी तो खोज निकालने का प्रयास करना चाहिए।' क्षिप्रा ने फिर दार्शनिकों वाला उत्तर दिया।

मैं खीज गई। बोली, 'क्या यह झूठ है कि राणा उस विधवा महिला को लिए घूम रहा है? क्या यह झूठ है कि बीमार होने पर राणा ने अपनी उस 'कीप' का ऐसे मन लगाकर उपचार किया, दिन-रात उसकी ऐसी सेवा की कि शायद ही कोई पति अपनी अर्द्धांगिनी की करता हो।'

'यह सब ठीक है लेकिन क्या यह जरूरी है अनुराधा कि वास्तविकता केवल वही हो, जिसकी लोग चर्चा कर रहे हैं।' क्षिप्रा बोली।

लेकिन इसके अलावा और हो भी क्या सकता है? बूढ़ा भ्रष्ट हो गया है इस ढलती उम्र में।' मैंने दृढ़ता से उत्तर दिया।

क्षिप्रा बोली, 'जब भी राणा की चर्चा होतीं है, मुझे अनायास उसका यौवन याद आ जाता है।'

'क्यों? क्या कोई विशेष बात हुई थी तब।' मैंने उत्सुकता के साथ पूछा।

'कोई एक घटना नहीं, घटनाओं की शृंखला है अनुराधा, जो राणा को वर्तमान स्थिति में लाने की जिम्मेदार हों सकती है। 'क्षिप्रा ने मेरी बात का उत्तर देते हुए कहा।

मैंने पूछा, 'जैसे?'

'तुम नहीं जानती हो अनुराधा।' क्षिप्रा ने राणा के अतीत की चर्चा करते हुए कहा, 'युवावस्था में जब यह अपनी पत्नी सुजाता को साथ लेकर आया था, तो खाली जेब था खाली हाथ था। उसके लिए घोर अभाव के दिन थे वे।'

'क्या तब कुछ करता नहीं था राणा? ' मैंने बीच में टोककर क्षिप्रा से पूछा।

'करता था, पर ऐसा काम जिससे पेट नहीं भरता, बस मन का संतोष ही मिलता है।' क्षिप्रा ने बताया।

'मैं नहीं समझी। तुम क्या कहना चाहती हो क्षिप्रा।' मैं एक बार फिर क्षिप्रा की बात से उलझन में पड़ गई।

'राणा एक उत्साही युवक था।' क्षिप्रा ने अपने और उसके अतीत की ओर झाँकते हुए कहा' वह समझता था कि राजनीति की सीढ़ी पर चढ़कर वह शिखर पर पहुँच सकता है। तब उसने अपने यौवन के दिन एक राजनीतिक कार्यकर्त्ता के रूप में जीने शुरू किए।'

'हाँ, तब राजनीति व्यवसाय नहीं बनी न! लोग पैसा कमाने के लिए राजनीति नहीं करते थे तब। एक बड़ा आदर्श होता था उनके सामने; और उस आदर्श के लिए वे अपना सबकुछ खो देने के लिए तैयार रहते थे।' मैंने राणा के विषय से हटकर राजनीति में आए नैतिक पतन की चर्चा शुरू कर दी।

क्षिप्रा ने कहा, 'आज की राजनीति को जाने दो। पचास-साठ वर्ष पहले के उस युग पर नजर डालो जब युवा वर्ग समर्पित था समाज के लिए, देश के लिए।'

क्षिप्रा कुछ देर रुकी। फिर बोली, 'राणा उन दिनों अपने दल का झंडा उठाए-उठाए घूमा करता था। क्रांतिकारी था इसलिए कई बार जेल चला जाता और महीनों-महीनों कारागार की सलाखों के पीछे बंद रहता। चार छोटे बच्चे और पत्नी! वे बड़े ही कष्टपूर्ण दिन थे उसके लिए। '

'लेकिन अब तो बहुत संपन्न है वह।' मैंने उससे कहा।

'हाँ, संपन्नता के रहस्य को वह तब समझा, जब सुजाता की राख को गंगा का पानी बहुत दूर बहाकर ले जा चुका था।'

'सुजाता की राख?' मैंने दुःख से भरे स्वर में पूछा।

'हाँ, सुजाता उसकी पत्नी थी। एक सीधी-सादी देहाती महिला, पर बहुत साहसी और स्वाभिमानी महिला। मेरी गहरी मित्र बन गई थी वह। अक्सर बीमार रहती और इलाज के लिए पैसे नहीं होते थे। अभावों में ही उसके जीवन का अंत हो गया।'

'अरे!' मैंने दुःख-भरा अचंभा व्यक्त किया।

'हाँ।' तुम उन दिनों की कल्पना नहीं कर सकती हो अनुराधा।' क्षिप्रा बोली, 'उन दिनों तो कई बार राणा के पास सिर-दर्द की गोली एस्प्रीन तक लाने के लिए पैसे नहीं होते थे। गरीबी और बीमारी की भेंट चढ़ गई, सुजाता।'

'बहुत ही दुःखद बात है, यह तो बहुत ही दुःखद।' मैंने उत्तर में क्षिप्रा से कहा।

'हाँ, पर सुजाता की मौत राणा को भीतर तक झकझोर गई। वह जीवन में कभी भूल नहीं सकता कि सुजाता की अंतिम यादगार उसकी अंगूठी को बेचकर ही उसका अंतिम संस्कार किया गया था।'

'ओह कैसी पीड़ाजनक गाथा है यह।' मैंने सहानुभूति दिखाते हुए कहा।

'इस बीच मैं जब भी उससे मिली हूँ अनुराधा, मैंने महसूस किया है कि वह इस भूखे एहसास से बाहर नहीं आ सका है?' क्षिप्रा ने बात आगे बढ़ाई।

'कौन-से भूखे एहसास से?' मैंने उसे बीच में टोकते हुए पूछा। वह बोली, 'इसी दर्दीले एहसास से कि वह अपनी पत्नी को जीते-जी कोई सुख नहीं दे सका, जन्मदिन पर उसे कोई उपहार नहीं दे सका, शापिंग नहीं करा सका बीमार हुई तो इलाज की व्यवस्था नहीं कर सका, वह राजकीय अस्पताल के जनरल वार्ड में अच्छा उपचार न होने के कारण मर गई।' 'हाँ, तुमने सही बात कही है अनुराधा।' मैंने उसकी बात से सहमत होते हुए कहा।

'राणा को यह पीड़ा वर्षों तक सालसी रहो।' क्षिप्रा ने राणा का मनोवैज्ञानिक विश्लेषण करते हुए कहा, 'और तुम आश्चर्य करोगी कि यह पीड़ा उस समय और बढ़ गई जब वह संपन्न जीवन व्यतीत करने लगा।'

'लेकिन तब क्या हो सकता था। दूसरा विवाह तो किया नहीं था उसने।' मैंने क्षिप्रा को उत्तर देते हुए कहा।

'हाँ पुनर्विवाह उसने नहीं किया। शायद बच्चों के लिए, शायद अपने अभावग्रस्त जीवन की विवशता में। फिर वह अविवाहित ही रहा। बस कड़ा परिश्रम करता रहा, अपने को स्थापित करने के लिए उस दयनीय स्थिति से निकलने के लिए जिसके रहते उससे उसकी जीवनसंगिनी छिन गई थी।

'कैसी सीख देनेवाली कहानी है यह।' मैंने क्षिप्रा की ओर आश्चर्य के साथ देखा। उसने अपनी बात जारी रखी।

'राजनीति छोड़कर किताबों की एक छोटी-सी दुकान से अपनी आजीविका कमाने का काम शुरू किया था राणा ने।' क्षिप्रा ने आगे की स्थिति पर प्रकाश डालते हुए मुझे बताया, 'कड़े परिश्रम और अपने उद्देश्य की प्राप्ति के लिए निरंतर प्रयास यही वह कारण था जिससे उसका व्यवसाय बढ़ता गया और बढ़ते-बढ़ते उस सीमा तक जा पहुँचा, जहाँ राणा गिनती के चंद संपन्न लोगों में गिना जाने लगा।'

'तब यह कहानी तो समाप्त हो गई क्षिप्रा। 'मैंने गरीबी झेलकर खुशहाली तक आए एक व्यक्ति की जीवनगाथा का अंत होते देखकर क्षिप्रा से कहा।

'नहीं अनुराधा कहानी अभी समाप्त नहीं हुई। इस कहानी से एक और कहानी फूट निकली।' क्षिप्रा बोली।

मैंने आश्चर्य-भरी दृष्टि से उसकी ओर देखा पूछा, 'एक और कहानी क्या मतलब?'

'मतलब वही है, जो मैंने आरंभ में सुझाना चाहा था। आदमी में कुछ अतृप्तियाँ ऐसी रह जाती हैं, जिनकी पूर्ति कभी नहीं होती। कभी होती ही नहीं।'

'तुम्हारा मतलब सैक्स-संबंधी अतृप्ति से है क्या?' मैंने अनायास क्षिप्रा से पूछा।

बोली, 'नहीं, मेरा मतलब उस भूखे एहसास से है, जो सुजाता की मौत ने उसके भीतर उत्पन्न किया था। यह इच्छा कितनी प्यासी रह गई थी उसकी कि वह भी पत्नी को उपहार दे, उसकी इच्छाएँ पूरी करे, खुले हाथ से उस पर धन लुटाए, बीमार पड़ने पर अच्छे-से-अच्छा इलाज करे, उसकी सेवा करे।' क्षिप्रा ने

अपनी बात को एक क्षण रोकते हुए कहा, 'प्यार के बदले पुरुष अपना सबकुछ दे देना चाहता है, नारी को।'

क्षिप्रा अपनी बात कह चुकी तो मैंने उससे पूछा, 'तो क्या तुम्हारा विचार है कि राणा अब अपनी उसी अतृप्ति, अपने उसी खालीपन को भर रहा है, जो सुजाता की मौत उसके भीतर भर गई थी। उसका कोई और संबंध नहीं है सीमा से।'

'गारंटी के साथ तो कुछ भी नहीं कहा जा सकता, अनुराधा! पर मैं समझती हूँ कि वास्तविकता के अंदर की एक वास्तविकता यह भी होगी। राणा सीमा से संपर्कों के बीच अपने उसी वैक्यूम को भर रहा होगा, जो सुजाता की मृत्यु ने उसके भीतर उत्पन्न कर दिया था।'

'हाँ-शायद-शायद।' मैंने कहा और चुप हो गई।

* * *

www.ingramcontent.com/pod-product-compliance
Lightning Source LLC
LaVergne TN
LVHW100338051026
849518LV00003B/836

* 9 7 8 8 1 2 8 8 2 2 4 5 2 *